A ORQUÍDEA E O SERIAL KILLER

crônicas

Livros do autor publicados pela **L&PM** EDITORES:

História regional da infâmia
A orquídea e o serial killer (**L&PM** POCKET)

JUREMIR MACHADO DA SILVA

A ORQUÍDEA E O SERIAL KILLER

crônicas

www.lpm.com.br
L&PM POCKET

Coleção **L&PM** POCKET, vol. 1074

Texto de acordo com a nova ortografia.
Estas crônicas foram publicadas no jornal *Correio do Povo* (Porto Alegre, RS).

Primeira edição na Coleção **L&PM** POCKET: setembro de 2012

Capa e ilustração: Gilmar Fraga
Preparação: Lia Cremonese
Revisão: Fernanda Lisbôa

CIP-Brasil. Catalogação na Fonte
Sindicato Nacional dos Editores de Livros, RJ.

S58o

Silva, Juremir Machado da, 1962-
  A orquídea e o serial killer / Juremir Machado da Silva. – Porto Alegre, RS: L&PM, 2012.
  256p. : 18 cm (Coleção L&PM POCKET; v. 1074)

  ISBN 978-85-254-2738-0

  1. Crônica brasileira I. Título. II. Série.

12-6379.   CDD: 869.98
                      CDU: 821.134.3(81)-8

© Juremir Machado da Silva, 2012

Todos os direitos desta edição reservados a L&PM Editores
Rua Comendador Coruja, 314, loja 9 – Floresta – 90.220-180
Porto Alegre – RS – Brasil / Fone: 51.3225.5777 – Fax: 51.3221.5380

Pedidos & Depto. Comercial: vendas@lpm.com.br
Fale conosco: info@lpm.com.br
www.lpm.com.br

Impresso no Brasil
Primavera de 2012

Sumário

De trivela – Apresentação / 9
Pós(-Drummond) / 11
Complexidade capilar / 13
Júpiter e Plutão / 15
Um motivo justo / 17
As camadas da alma / 19
Imagens do futuro / 21
Tem algo errado? / 23
Questões familiares / 25
Carregar orquídeas / 27
Dramas da aposentadoria / 29
Camus e o rato / 31
Escritores e personagens / 33
O mar de Ismália / 35
Metamorfoses da paixão / 37
Uma perda / 39
Casal moderno / 41
Papo de carioca / 43
A primeira vez / 45
Ritual de inversão / 47
Terapia de casal / 49
Depois das chuteiras / 51
O fim das ideologias / 53
Novas funções / 56
A teoria do salto / 59
Saudades do trema / 61
Sob a lua cheia / 63

Textos sem fim / 65
No popular / 67
O falso Borges / 69
Qual o seu detetive? / 71
De canto de língua / 73
Fases da vida / 75
Desabafo de homem / 78
Amor eterno / 81
Frases e pensadores / 83
Medidas iranianas / 85
História da traição / 88
Que mundo é este? / 91
Dois polímatas / 95
Velha prática / 98
Pai repaginado / 100
Pais e filhos / 103
O celular e a poesia / 106
Ajuda gratuita / 108
Emendas parlamentares / 110
Evasão e passatempo / 112
O velho Borges vendo chover em Palomas / 115
A arte da chefia / 117
Morte de rato / 120
Livro de cabeceira / 122
Uma insolação / 124
O Paraguai da escravidão / 126
O país dos lacerdinhas / 129
O concreto e o abstrato / 132
A mulher de 70 anos / 135
Alma negra / 137
Ode aos professores / 140
Suicidados de abril / 143

A guerrilha da direita em 1964 / 146
A velha corrupção / 154
A nova Sandy / 157
Ponto de luz / 160
Réveillon da mídia / 162
No olho da rua / 165
A culpa é dos telômeros / 167
Não ao fascinator / 169
Google, o espião / 171
O terrível fim de Bin Laden / 173
Biritiba e Barcelona / 175
Diante da assombração / 177
Somos todos vadias / 179
A mulher das malas / 182
A guriazinha do São Caetano / 184
Senso de humor / 187
A dança dos signos / 189
Revolução francesa / 191
Do catálogo da infâmia / 193
Criança ou índio? / 196
História da moral / 199
Jovens indignados / 201
A invenção da infância / 203
As mais belas / 206
Narciso em Palomas / 208
Made in Argentina / 210
Redundância programada / 213
A saga do medíocre / 216
Os quatro maiores / 218
A teoria dos sapatos / 221
Sem imaginação? / 223
Viagem a Samarcande / 226

Nós, os humanos / 229
Os bordados do Lampião / 231
Último tango / 233
Chico é Chico / 235
Greve contra a corrupção / 237
Merval, o imortal / 239
Bela, belo / 241
Bardot e o tempo / 243
Lima, o maldito / 245
A mulher que raspava latas / 247
Partícula de Deus / 249
A falsa feia / 251

De trivela – Apresentação

Sou colunista do *Correio do Povo*, o mais tradicional jornal do Rio Grande do Sul, desde 1º de setembro de 2000. Minha missão é bater de primeira. Sou cronista, articulista, comentarista, humorista, repórter, minicontista, poeta, resenhista, crítico literário, analista da vida política, crítico de mídia e tudo mais que se possa imaginar em três mil caracteres diários. Vida de colunista é trepidante. Tem dias de Neymar: pode-se driblar, enfeitar e enlouquecer os adversários. Já fiz gol de bicicleta, já dei passe de trivela, já bati falta no estilo folha seca, já cobrei pênalti com paradinha, já dei lambreta, chaleira, drible da vaca, chapeuzinho e por aí vai. Sou como o Lula, não dispenso uma metáfora futebolística. Afinal, estamos na "pátria de chuteiras": vermelhas, verdes, amarelas, azuis, douradas, rosas...

De vez em quando, sou volante. Afasto do jeito que dá, chuto para o mato e aceito a lei do defensor: do pescoço para baixo tudo é canela. No mais, sou romântico, poético, carrego orquídeas pela rua, para desespero ou fúria dos homens, arrancando suspiro das mulheres. De resto, as mulheres formam o meu público mais fiel. Especialmente as de uma faixa etária bem particular: entre 60 e 102 de idade. Meu pico está nos 70 anos. Ninguém concorre comigo na categoria dos 80 aos 102 anos. Tenho orgulho disso: são leitoras atentas, sofisticadas, exigentes, livres, quase sem preconceitos, sedentas de novidades, de provocações intelectuais e de emoções.

Estou com elas. Não me faltam, porém, leitoras jovens. Nem leitores. Esta coletânea é uma resposta a todos esses generosos amigos de todo dia que, por e-mail, carta, ligação telefônica, twitter, facebook ou em encontros na rua, sempre me pedem algo assim, uma seleção de textos.

Ah, ia esquecendo, quando não sou romântico, posso ser um serial killer. Não fujo de uma boa polêmica: dou uma boiada para entrar e outra para não sair. Atiro primeiro, pergunto depois. É estilo Django. Tenho enfrentado, nos últimos tempos, um personagem bem brasileiro: o lacerdinha. É o reacionário puro e duro, aquele que, por extremismo ideológico, só vê ideologia nos outros, o mesmo que, por direitismo, afirma não haver mais direita e esquerda, aproveitando para esculhambar os esquerdistas. Sou franco-atirador. Não discrimino. Se necessário, uso minha metralhadora giratória. No meu mundo, aquilo que não acontece no real, ocorre no virtual. Em Palomas. Ando tão abusado, que saí do armário. Resolvi, enfim, me assumir como poeta. Uau!

Vai uma palhinha como pontapé inicial.

Pós(-Drummond)

Não serei o poeta de um mundo novo.
Tampouco serei o cantor do meu povo.

Não falarei jamais algo sublime,
Praticarei sempre o mesmo crime...

Farei poesia sem poesia
Romance sem personagem,
Crônica sem pensar no dia,

Descrição sem paisagem,
Teatro sem maquiagem.

Nunca voltarei à antiguidade,
Nem mesmo à velha modernidade.

Ano depois de ano,
Rasgarei a fantasia,
Em nome do cotidiano.

Sonharei uma vida rude,
Sem metafísica nem ontologia,
Experimentada no meio da rua
Como uma vagabunda mitologia.

Não criarei novas imagens,
Farei apenas colagens,
coleção de bolinhas de gude.

Não exaltarei mulheres fatais
Nem lutarei contra a rima,
Tampouco a colocarei acima
Dos meus esquálidos ideais.

Não verei das estrelas o brilho,
Nem da noite a forma tétrica,

Não seguirei das vias o trilho.
Para mim bastará ser o filho

Bastardo...

De um tempo sem métrica,
Cuja utopia é a ética,
E da arte pós-estética.

Complexidade capilar

A burocracia avança. Franz Kafka não poderia imaginar que ela superaria o que ele retratou com perfeição nas suas obras-primas. Nem me refiro à incrível tentativa de se obrigar o eleitor a usar dois documentos para votar. Primeiro tirou-se a fotografia do título do eleitor. Depois se descobriu que sem fotografia não há documento de identificação que seja válido. A burocracia avança. Outro dia, fui cortar o cabelo. É um dos momentos mais dramáticos da vida de um homem normalmente constituído como eu. De cara, a moça da recepção pediu os meus dados. Para cortar o cabelo? Sim. Tive de entregar nome, endereço, e-mail, telefone e cep. Meu Deus, por que preciso mesmo declarar o cep para cortar o cabelo? Uau!

Por fim, implacável, a moça pediu-me para olhar para a câmera e sorrir. Tive de tirar foto para cortar o cabelo! Tentei argumentar que seria melhor tirar a foto depois do corte, pois eu estava horrível. Não teve jeito. Aí, ela chamou pelo alto-falante a cabeleireira. Eu sempre me apavoro nessa hora. A moça veio. Era bonita. Pediu que eu a acompanhasse. Preparei-me para o momento mais delicado. Mal sentei na cadeira, ela disparou a pergunta que desestrutura: "Então, como vai ser?" Tenho vontade de sair correndo. Como é que vou saber? Respondo com um fio de voz: "Bem baixinho, normal". Ela rebate: "Normal como? Baixinho como?" Insisto: "Baixinho, baixinho". Ela volta ao ataque: "Nesta mesma linha?" Linha? Que linha? Estou todo desgrenhado.

Onde é que ela está vendo alguma linha? Começa o corte. Baixo a cabeça.

Lá pelas tantas a tortura recomeça: "E deste lado como vai ser?" Tudo o que desejo é que tome as decisões por mim. Afinal, ela é a especialista. Procuro me controlar. Perco um pouco a linha: "Bem curtinho, que demore bastante até precisar cortar de novo". Ela ri. É bonita. Sou um grosso. Mas também depois de ter sido fotografado e ter declarado meu cep para cortar o cabelo, convenhamos, estou abalado. Ah, esqueci: ela me perguntou, antes da primeira tesourada, se eu queria lavar. Lavar para quê antes de cortar? Não entendo. Depois, até pode ser, embora eu sempre recuse por não ver a hora de sair correndo. O meu maior medo é que, no arremate, ela ainda me pergunte: "Vai querer uma ampola?" Que diabos é essa ampola? Ufa! Ela não fez isso. Foi piedosa. Era boa pessoa. Talvez eu retorne lá dentro de seis meses. Será que terei de atualizar meu cadastro?

A burocracia avança. Há evidência disso em todos os lugares, câmeras por todos os lados. Até em salão para cortar o cabelo. Sorria, você está todo escabelado. Deve ser isso que o genial Michel Foucault chamou, em *Vigiar e punir*, de capilarização do poder. É o pan-óptico. Ouviram falar do pan-óptico? Procurem no google. O google é o pan-óptico. Franz Kafka nunca teve de declarar o cep para cortar o cabelo. Jamais precisou andar com dois documentos na carteira. Chegamos ao estágio superior da burocratização da vida, a burocracia capilar. A vida anda por um fio. Só mesmo a calvície salva da burocracia.

Júpiter e Plutão

Existiu um gênero chamado "roman à clef". Assim mesmo, em francês. Cabia ao leitor usar a chave, decifrar os enigmas, identificar nos personagens pessoas reais. Farei uma crônica "à clef". Cada um que tente saber de quem estou falando. Não será fácil. Falarei de um lugar dividido em dois planetas, Júpiter e Plutão. O povo de Júpiter se acha o centro da galáxia. Júpiter, de fato, é grande. Mas seus habitantes são mesmo megalomaníacos. Para eles, obviamente, só Júpiter existe. Plutão, não. Até foi rebaixado. Deixou de ser planeta. Um jupiteriano, quando encontra alguém de Plutão, pergunta complacente: "E aí, por onde tens andado?" Se ouve, porém, a mesma pergunta, fica ofendido e não se contém. Responde assim: "Ora, que pergunta é essa? Em que mundo tu vives, meu?"

Júpiter ignora Plutão. Tem muita gente de Plutão, contudo, que sonha em ir para Júpiter. Todo ano, tem feira do livro num planeta diferente. Gente de Júpiter e de Plutão acabam por se encontrar nalguma mesa. O cara de Júpiter olha para o de Plutão e lasca: "E aí, não vais lançar nada neste ano?" O plutoniano se contrai. Está lançando quatro livros. Como é que outro não sabe? Ou é sacanagem? Tem plutoniano que cai na rede e dá o serviço. Outros, mais espertos, respondem sorrindo: "Pois é, nada mesmo, estou dando um tempo, acho que larguei". E saem para a sessão de autógrafos lotada. Os jupiterianos estão convencidos de que todo plutoniano é ressentido e invejoso. Os plutonianos acham que todo jupiteriano é autocentrado e meio bobalhão, mesmo ganhando pouco. O jupiteriano se caracteriza por vestir a camiseta da empresa. Acredita que é indispensável. Ama o seu patrão.

O jupiteriano sempre faz perguntas negativas: "Não estás mais escrevendo todos os dias?", "não tenho te lido mais, paraste?", "ainda continuas na luta?" Se alguém diz que não lê o jornal de Júpiter, o jupiteriano exclama indignado: "Só pode ser preconceito!" Não lhe passa pela cabeça que a pessoa possa estar satisfeita com o jornal de Plutão. Jupiterianos, no fundo, são de Marte. Plutonianos são de Vênus. Um jupiteriano legítimo vive com a cabeça nas nuvens. Não por sonhar demais. Por se achar muito elevado. Os plutonianos não tiram os pés da terra. Levam a vida do que jeito que ela se apresenta. É muito comum um jupiteriano sugerir a um plutoniano, como algo absolutamente original e revolucionário, que faça uma coisa que o plutoniano fez dois ou três anos antes.

Ao final da conversa, o jupiteriano se retira como quem deixa um paciente no hospital: "Ainda te levo para Júpiter", diz. Muitas vezes, acontece o oposto: um jupiteriano desembarca em Plutão. Parece outra pessoa. Vem mais humilde, mais humano, mais informado. Fala coisas assim: "Fiquei sabendo do teu lançamento. Vou lá". Em termos sociológicos, para um jupiteriano falta legitimação a todo plutoniano. Em termos antropológicos, para um plutoniano falta senso de realidade ao jupiteriano. Em termos terrenos, o plutoniano pensa com seus botões: quanto maior a altura, maior o tombo.

Um motivo justo

Estou ficando velho. Gosto de contar algumas histórias muitas vezes. Por exemplo, a história de quando eu morava na França e matava grandes intelectuais. Lembram-se? Liquidei pelo menos três grandes filósofos: Félix Guattari, Gilles Deleuze e Jean-François Lyotard. Não sinto o menor remorso, embora gostasse deles, especialmente de Lyotard. Ele me fazia achar, com sua capacidade de dar sentido a qualquer frase torta, que eu era genial. Também já contei isso. A coisa se passava assim: eu ligava para um intelectual, marcava uma entrevista e, antes do encontro acontecer, o sujeito morria. O primeiro foi Guattari. Marquei com ele e fui para a Grécia. Um dia, faltando acho uma semana para a entrevista, comprei um jornal francês e vi que o entrevistado já não estava mais disponível. Fulminante.

 O segundo foi Deleuze. Ele se suicidou. Jogou-se pela janela um ou dois dias antes da nossa entrevista. O caso mais marcante foi o de Lyotard. Fomos até a casa dele na data marcada. Ninguém atendeu. Voltamos tristes e surpresos. Começamos a falar mal dos franceses. Assim: eles também não são perfeitos. Eles também marcam, somem e não avisam. No pega pra capar, todos são iguais. Aí tocou o telefone. Era a mulher do Lyotard. Ela me disse algo assim: "Sinto muito por meu marido não ter podido recebê-lo. Ele morreu". Fiquei, por um segundo, atônito. Por fim, tive vontade de responder: "Eis um motivo mais do que justo". Felizmente essa frase estúpida não me saiu da boca. Dei-lhe meus pêsames. Sempre fico constrangido na hora de dizer "meus pêsames". Quero falar algo melhor, mais original, mais autêntico, mais meu. Não sai nada.

Por que estou contando isso de novo? Porque me dei conta de que esses pensadores estão cada vez mais mortos. Deleuze vive no Rio de Janeiro e em Buenos Aires. Lyotard sobrevive em algumas universidades. Guattari é um fantasma. O sujeito constrói uma obra imensa, gasta seus melhores anos tentando compreender o mundo, atola-se em polêmicas terríveis e, poucos anos depois de morto, já não passa de um documento histórico. Estou exagerando? É possível. Será que eles não foram tão importantes? Foram. São. Mas não se chora por eles a cada ano como se chora por Ayrton Senna. Como compreender essa faceta da "sociedade do espetáculo"? Eu só encontro uma explicação: quem nos distrai é mais importante do que quem nos examina, interpreta, desvenda, revela ou explica. Neste mundo passageiro, queremos ser distraídos com aquilo que podemos compreender. Para isso serve o esporte. Legal?

Não sei. E se a nossa obsessão pelo esporte fosse um sintoma da nossa incapacidade de compreender algo mais profundo? Sei, é uma hipótese banal e elitista. Que tal o contrário: e se a nossa paixão pelo jogo fosse a expressão da nossa certeza de que as tentativas de filosofar sobre o homem não passam de uma literatura fadada ao fracasso? Sei, hipótese velha e populista. Amanheci kantiano: que podemos saber? Que devemos fazer? O que podemos esperar? Mais: quem somos? Para onde vamos?

As camadas da alma

Quantas são as camadas da alma? Pressupondo-se que a alma exista e que tenha camadas, quantas são elas? É um bom tema dominical. Diz-se que a primeira pessoa a falar em camadas da alma teria sido Cong Li Hui, há 2.800 anos, tendo sido a primeira mulher filósofa, antecipando-se em alguns temas a Lao Tsé. Não posso garantir a veracidade dessa informação. Tenho dúvidas sobre a existência real dessa pensadora mítica e mística, que poderia ser apenas um sonho do Borges argentino ou do cego Borges, de Palomas, que costumava sonhar acordado com os sonhos do outro Borges, o escritor de alma portenha. Não entrarei em discussões etimológicas. Alma vem do latim "anima". Os gregos falavam em "psy-khé". Em hebraico, tem "nefesh".

São nove as camadas da alma? Cong Li Hui parece que via a alma como uma cebola. Como todos sabem, a cebola é originária da Ásia central, tendo chegado ao Ocidente através da Pérsia e da África. Disseminou-se no Brasil, assim como o pensamento de Cong Li Hui, pelo Rio Grande do Sul. Não brinquem com a cebola. Na Índia, ela pode ser sagrada. Existem seitas de adoradores da cebola. Ramakrisha compara a cebola com a estrutura do ego, podendo ser decomposta, camada por camada, até o vazio e à fusão com Brama. Atualmente há muita fusão de acepipes acebolados com Brahma (Kaiser e outras também). Embora resulte muito vazio (de copos e garrafas), a concepção não parece ser a mesma. Não consegui apurar a relação de Freud com a cebola. Deve ter sido de rejeição, transferência ou gula. Certo é que a alma é uma cebola.

Não estou falando da alma no sentido cristão desse termo. Cong Li Hui entendia que a vida se divide em várias etapas ou camadas. Cada camada retirada produziria lágrimas, inclusive lágrimas de prazer. Deve derivar daí a nossa inclinação para frases do tipo "viver é como cortar cebola, a gente chora, mas goza também". É possível que Cong Li Hui, se realmente existiu, tenha sido uma cozinheira de mão cheia (de cebolas) ou uma simples dona de casa tentando entender o seu universo. O passado oriental é sempre terrivelmente misterioso. Há pensadores pagãos que consideram a cebola um poderoso afrodisíaco, especialmente por causa do cheiro. Outros, como Cong Li Hui, acreditam, à maneira de Claude Lévi-Strauss, que não inventou o jeans nem foi vendedor de calças, que o fundamental na cebola é a sua capacidade de fazer pensar. O que faz pensar é bom? Tudo faz pensar.

Tudo é bom. Para pensar. A alma faz pensar. Onde está? Como se abriga no corpo? Para onde vai? Remexer na alma pode irritar os olhos. O gosto pela cebola costuma aguçar-se com a velhice, como se o paladar exigisse, com o passar do tempo, manifestações cada vez mais sensíveis da alma dos alimentos. Cong Li Hui teria dito: "A alma é como uma cebola, perde a acidez depois de algum tempo cortada". Não sei. Os meus conhecimentos sobre a cebola são limitados. O que me preocupa é a alma. Só posso repetir com o poeta Fernando Pessoa: "Tudo vale a pena quando a alma não é pequena". Inclusive cortar cebola.

Imagens do futuro

Domingo é ótimo para reflexões sobre o futuro. Aconselho refletir pela manhã, antes do churrasco e da caipirinha. Tem muita gente preocupada com o futuro do livro impresso. Será que vai desaparecer? Fiquem calmos, o que pode desaparecer é a escrita. Estão achando que eu já bebi a caipirinha? Nada disso. Estou lúcido e em pleno domínio das minhas faculdades mentais, que podem não ser muitas, mas funcionam normalmente. O filósofo tcheco Vilém Flusser (1920-1991), que foi professor da Universidade de São Paulo, publicou um livro com este sugestivo título: *A escrita – há um futuro para a escrita?*. Como veem, não sou o único louco deste mundo.

Já no primeiro parágrafo, Flusser dispara um míssil: "Parece não haver quase ou absolutamente nenhum futuro para a escrita, no sentido de sequência de letras e outros sinais gráficos. Hoje em dia, há códigos que transmitem melhor a informação do que o dos sinais gráficos. O que até então foi escrito pode ser mais bem transportado por fitas cassetes, discos, filmes, fitas de vídeo, disco de vídeo (CD-ROM) ou disquetes". Flusser não viveu o suficiente para ver fitas cassetes, disquetes e fitas de vídeo tornarem-se obsoletos. A tecnologia deu mais um salto. A escrita serviu durante séculos como memória, tendo o papel como seu melhor suporte, e como forma de expressão superior. Está superada nisso tudo.

Os dispositivos tecnológicos de memória atuais podem armazenar imagens e sons em quantidades infinitas, permitindo o famoso "entrar com busca" para localizar o que se quiser. Muitas empresas já prescindem do papel, gravando as conversas com os ajustes de contratos feitos com seus clientes. Alguns cargos ainda se mantêm como vestígio do passado: taquígrafos, digitadores em sessões legislativas e audiências de tribunais de justiça e outros profissionais que ainda sobrevivem da escrita como memória, ainda que o suporte seja cada vez menos o papel. Filme de terror? Não. Evolução. Na internet, ainda se usa muito a escrita, mas cada vez mais a comunicação pode ser feita por som e imagem. Aquilo que a imagem não diz, a voz completa. Torpedos vocais são mais rápidos que torpedos digitados. Será que voltaremos à oralidade?

A escrita também teve uma função expressiva e artística importante. As novas gerações, educadas pelo som e pela imagem, expressam-se artisticamente através de filmes, canções, vídeos e fotos cada vez mais baratos e fáceis de produzir. Até pouco tempo, produzir imagens em movimento era muito caro. Tornou-se barato. Está ao alcance de qualquer um. Com a internet, acabou o monopólio da emissão. Todo mundo pode ser emissor. Cada um é dono do seu meio de comunicação. O que pode salvar a escrita? O fato de a leitura exigir um investimento cognitivo maior? Pode ser. Mas ainda falta provar isso cientificamente. Pelo jeito, vamos resolver definitivamente o problema do analfabetismo. No futuro, seremos todos analfabetos. Só leremos imagens e sons.

Tem algo errado?

Por que os habitantes do planeta vermelho são verdes? A questão é bizarra. Acontece que o bizarro parece estar levando vantagem em tudo. Como explicar a um marciano, verde ou vermelho, que, no Brasil, quem ganha salário-mínimo deve se virar sozinho, mas quem ganha mais de R$ 20 mil, dependendo da sua função, recebe auxílio-moradia? Como explicar a um marciano que, nos Estados Unidos, os muito ricos pagam menos impostos do que os menos ricos, chegando a acontecer de o empregado pagar mais impostos do que o patrão? Como explicar ao marcianinho que professores têm seus pedidos de aumento reduzidos ao mínimo por parlamentares que tratam de elevar ao máximo os seus proventos, sendo que esses parlamentares são eleitos também por esses professores?

Como explicar ao extraterrestre que o judiciário brasileiro leva em consideração aspectos éticos e morais quando julga casos alheios, buscando interpretar o espírito da lei, mas só considera se é legal ou não, friamente, quando se trata do seu interesse? Como explicar ao visitante que, na oposição, um partido condena uma política qualquer e, instalado no poder, pratica-a sem o menor constrangimento e até com volúpia? Como explicar ao pobre marciano que haja dinheiro para construir vários estádios de futebol e outras obras faraônicas e sempre faltem leitos nas emergências dos hospitais? Deve ser por isso que são vistos tão poucos marcianos na área. Eles certamente cansaram de ouvir explicações furadas e desistiram de vir para cá. Marcianos são muito cartesianos, seres de antolhos, lineares, bitolados, e não entendem nossa complexidade.

Como explicar a um marciano que um deputado gaúcho que vá passar o dia em Bento Gonçalves tenha direito a diárias sem necessidade de comprovar o gasto, bastando uma nota de um cafezinho para provar que a viagem aconteceu? Marcianos são certinhos e acham que cada centavo público não gasto deve ser devolvido imediatamente. Jamais um marciano participaria de um esquema de caixa dois, muito menos carregaria dinheiro na cueca, ainda que exista dúvida sobre o uso de cueca entre os marcianos, especialmente entre os que atuam em cargos públicos. Marcianos são chatos e inflexíveis. Não conseguem entender que um assassino pego em flagrante responda em liberdade e menos ainda que fichas sujas sejam eleitos. É difícil saber que tipo de civilização existiria aqui se os marcianos tomassem conta do planeta.

O mais provável é que tudo continuasse igual. Marcianos são vulneráveis. Deixam-se, depois de algum tempo, contaminar pelos valores dos lugares que visitam. Consta que os marcianos estão proibidos de descer em Brasília. Aqueles que desobedecem são obrigados a ficar de quarentena antes de voltar para casa. Difícil mesmo é explicar a um marciano o poder de José Sarney. É algo que lhes parece coisa de ET.

Nunca em Marte um menino de dez anos atirou na professora e depois se suicidou. Marte é um lugar que não existe. A realidade é aqui. Será que tem algo errado? Ainda haverá tempo para melhorar as coisas?

Questões familiares

Apresento uma novidade sociológica: a sociedade muda. Todo o tempo. Um cronista também deve mudar. É sua obrigação abordar assuntos que antes eram tabus. Não me furto às minhas obrigações. A palavra furto nesse contexto tem o objetivo de dar peso moral ao tema. Ela só é usada nesse sentido em situações especiais. Espero que cada um compreenda a gravidade do assunto e não se deixe impressionar pelos seus aspectos triviais. A família mudou. Cabe a cada um julgar se para melhor ou pior. Eu não julgo. Conheço um cara que diz que a família mudou para melhor porque acabou. Cínico! Eu prezo a família. As novas preocupações familiares merecem respeito. Antes, havia pais com sérias dúvidas sobre o sexo dos filhos. Hoje, há filhos com sérias dúvidas sobre a sexualidade dos pais.

Nada de mais. Estamos numa sociedade polivalente e multifuncional. Em alguns casos, o sexo, a exemplo da voz, muda com a idade. Ouvi recentemente o desabafo de um pai de família. Ele estava atônito com uma relação inversamente proporcional de curva em seu organismo. Custei a entender a equação. Sou lento. Era simples: a sua barriga cresce numa relação inversamente proporcional ao seu poder de ereção. Atenção, nada de moralismo nem de discursos. A curva de ereção do pênis tem grande influência sobre a estabilidade familiar contemporânea. Assim como o tamanho dos seios da mãe e se ela deve ou não colocar silicone. O personagem do desabafo citado queixava-se de já não conseguir uma ereção de 90 graus.

Uau! O pênis alheio não costuma fazer parte dos meus interesses. Um cronista, porém, não pode se furtar – é o verbo da moda – a prestar atenção aos problemas sociais.

Meu interlocutor tem uma teoria: nenhum casamento moderno, baseado no equilíbrio entre amor, cumplicidade, dinheiro, paciência e sexo, resiste a uma curva de ereção descendente progressiva. Segundo ele, o casamento acaba quando não se consegue mais uma elevação regular acima de 45 graus. O sujeito discorda do francês Luc Ferry, que defende a ideia de que atualmente só o amor conta, sendo que não aceitamos morrer por uma ideologia nem pela pátria, mas apenas por quem amamos: nossos familiares e, cada vez mais, indo além das teorias de Ferry, nosso clube de futebol. Neste caso mais relevante, tem gente querendo matar. Segundo esse meu conhecido (nem se trata de um amigo), na atualidade o sexo conta mais que o amor. Disse-lhe que se trata de uma visão romântica. Ficou atônito. Retirou-se para pensar. Vai voltar certamente.

Há quem diga que a família moderna diminuiu de tamanho, tornando-se muitas vezes uma célula mínima integrada por mãe e filho, pai e filho ou, no máximo, pai, mãe e filho, sem os demais parentes de antigamente. Acho que a família atual eliminou alguns elementos, mas integrou outros até com mais privilégios: trocou-se a sogra pelo terapeuta de família. E os avós por dois cachorros de estimação. É uma visão brutal? Não necessariamente. Já havia cachorros na família antigamente. Sem dúvida. Faz parte da natureza familiar. Há um duplo movimento: cachorros metafóricos são jogados para fora. Cachorros literais são chamados para dentro. Faça o teste da curva. É melhor prevenir do que remediar.

Carregar orquídeas

A orquídea é uma flor delicada. As orquídeas pertencem ao domínio *eukaryota*, reino *plantae*, divisão *magnoliophyta*, classe *liliopsida*, ordem *asparagales*, família *orchidaceae*. Mulheres costumam adorar orquídeas. Existem orquídeas em quase todos os lugares do mundo, exceto na Antártida. Mulheres e orquídeas detestam frieza extrema. O nome "orquídea" vem de uma palavra grega que significa testículo. Não farei maiores comentários nem estabelecerei relações sobre esse aspecto etimológico. A língua fala por si. As orquídeas são sensíveis. Não podem ser carregadas de qualquer jeito. É preciso estilo e firmeza para carregar uma orquídea sem machucá-la. É muito difícil carregar uma orquídea por 250 quilômetros.

Agudo é um município gaúcho da região central. Fica na microrregião de Restinga Seca. O nome vem de um morro alto e pontudo que se ergue sobre a cidade de colonização alemã. Agudo entrou fortemente no noticiário nacional em 2009 com o desabamento da ponte sobre a estrada que liga Santa Maria a Santa Cruz. Morreram cinco pessoas, inclusive o vice-prefeito da cidade. Em Agudo, um certo João Gerdau montou uma casa comercial. Os negócios prosperaram e hoje, como as orquídeas, estão por toda parte, salvo, talvez, na Antártida. Estive em Agudo, depois de ter palestrado, a convite de Pedro Brum, na Universidade Federal de Santa Maria. Minha anfitriã agudense foi a professora

Janete Boeck, da Escola Willy Roos. Visitamos muitos lugares, inclusive a nova ponte. Conversei com muitas pessoas, entre as quais o Sérgio, que caiu no rio Jacuí com a ponte. O motorista que me levou a Agudo se chama Camilo. É um alemão enorme. Vai se aposentar em 2014. Tem uma banda, com ônibus e tudo, chamada Estrela Musical. Tocam de tudo, nos fins de semana, do sertanejo ao gauchesco, em muitas cidades.

Comprei uma orquídea em Agudo. Ganhei duas caixas de moranguinhos. Carregar moranguinhos é mais fácil. Eles vão quietinhos nas suas acomodações. Chegar em casa com a orquídea intacta e oferecê-la às três horas da manhã para a mulher amada é mais complexo. Deve-se colocá-la, com o vasinho, entre as pernas, sobre o banco, segurando-o para dar equilíbrio. Não se deve dormir para evitar bater com a cabeça na flor. É preciso rezar para que não haja buracos na estrada. Isso evita pneus furados, rodas quebradas e orquídeas estraçalhadas. Agudo produz arroz, fumo, milho, morangos e outros produtos igualmente importantes. Tem ruas com 24 metros de largura. Organiza palestras sobre os 50 anos da Legalidade em sexta-feira à noite com sala cheia. O público faz muitas perguntas.

Não quero dar mau exemplo, mas carregar uma orquídea de madrugada por mais de 250 quilômetros, sem danificá-la, requer determinação, coragem e amor. Aldo, o motorista, e Rogeno, seu companheiro de viagem, eram simpáticos, mas desconfio que sorriam no escuro me vendo proteger a orquídea. Não me importo. Posso afirmar que nada é mais gratificante do que entregar uma orquídea para uma mulher no meio da noite. Se estiverem com dúvidas, perguntem à Cláudia. Orquídeas não têm preço.

Dramas da aposentadoria

Quem se aposenta melhor: homens ou mulheres? Quem sofre mais com a aposentadoria: mulheres ou homens? Outro dia, um amigo me disse: "Tenho medo de me aposentar. Depois que a gente se aposenta, morre". Tem quem não suporte o fim de semana longe do trabalho. Que dizer da aposentadoria? As mulheres, em princípio, viveriam melhor a aposentadoria em função de uma especificidade negativa na origem: acostumadas, por força da histórica dominação masculina, aos cuidados da casa e dos filhos, não se sentiriam sem o que fazer depois de aposentadas. Homem em casa, em férias, por exemplo, é um desatino. Depois de um dia de folga, começa o pesadelo. Que fazer? Homens na praia, depois de cortada a grama e desentupidos os canos, são uma tragédia. Chega uma hora em que nem olhar as moças na areia atrai. São pragmáticos. Querem agir. Salvo os preguiçosos. A maioria vive mesmo é para o trabalho.

Mulheres independentes e que dedicam a vida ao trabalho, dizem alguns, têm o mesmo medo da aposentadoria que os homens. A casa é apenas um lugar para dormir. Que fazer dentro dela longe das delícias do estresse do trabalho e das lutas pelo poder? Há quem veja nisso o fracasso de uma civilização. Se as mulheres tivessem ficado em casa não estariam agora enfrentando os problemas da volta para casa ao fim de uma vida de trabalho. A aposentadoria é um ritual de passagem temível. Observe-se uma mulher em casa. Ela encontra mil coisas para fazer. Sai e volta 350 vezes numa tarde. Nunca se entedia. Já o homem fica afundado no sofá criando barriga e/ou esvaziando latinhas de cerveja. Vira alcoólatra ou, o que é pior, fica viciado em algum programa estilo Faustão. Mulheres inventam coisas. Homens não têm iniciativa. Mulheres usam a imaginação. Homens resmungam. Quem mandou aumentar a expectativa média de vida. Deve ser por isso que os homens morrem antes.

A aposentadoria é um problema de saúde pública. Há a perda de poder aquisitivo. E há tempo demais para, enfim, discutir a relação. Um especialista me falou que as mulheres passam a vida querendo discutir a relação, enquanto os homens se negam. Aí chega a aposentadoria e tudo se inverte: as mulheres querem sair para dançar, viajar e curtir. Umas assanhadas. Os homens querem acertar contas do passado. Um dos maiores problemas da aposentadoria nas sociedades atuais é a decadência da bocha e do dominó. Parece que uma liga de mulheres pretende lançar uma campanha de revalorização desses passatempos essenciais à saúde dos maridos aposentados. O fechamento dos bingos também é criminoso. Mostra que os governantes desconhecem algumas das necessidades básicas da terceira idade. Mulheres idosas adoram jogar bingo.

Homens e mulheres passam a vida sonhando com a libertação do jugo do trabalho. Quando a hora chega, porém, é um susto. Como viver sem fazer nada? Com quem implicar? Toda a energia fica canalizada para o cônjuge, para a nora ou o genro. Ou para os netos. Estes, na infância, adoram os mimos. Adolescentes, dão no pé. Só tem um jeito: aprender desde cedo com as mulheres. Nem tudo ao lar. Nem tudo ao trabalho. Dupla independência.

Camus e o rato

De repente, eu me lembrei do rato. Ainda tenho os olhinhos dele arregalados me fitando por um segundo. A lembrança do rato me fez pensar em Albert Camus e no Ricardo Carle. O rato deu um pulinho e sumiu por uma fresta do assoalho. Essa recordação me levou a pensar no quarto em que morávamos na rua Marista e no fugitivo do Presídio Central que encontrei antes de voltar para casa e dar de cara com o rato. Faz tanto tempo. Eu era jovem. Não tinha ido para casa no Natal. Depois de algumas horas sossegadas, estilo não estou nem aí para o Natal, estava começando a ficar inquieto, angustiado, aflito, desesperado. Aí vi o cara vindo na minha direção, na mesma calcada escura, soturno, escabroso, esquálido.

– Tem um cigarro aí, veio – ele me disse.

– Não fumo – respondi, arrependido de não ter começado.

– Qual é, veio, tá me negando um cigarrinho?

– É que não fumo mesmo, amigo.

– Amigo, veio. Tô fugindo do Central, saca o Central, veio? E não tenho amigo nenhum, saca? Dá um cigarro.

Peguei parte da pouca grana que tinha no bolso da velha calça jeans e ofereci para ele. O sujeito riu como se demonstrasse nojo. Estava escuro. Corri para o quarto onde morava com o Ricardo Carle. Raras vezes a gente se encontrava lá. Um dos dois sempre encontrava lugar melhor para dormir. Por exemplo, casa de namorada ou de algum amigo. Aí entrei no quarto, acendi a luz e vi o rato. Ele me olhou e fugiu. Saiu de cima do livro de capa vermelha. Era *A peste*, do Camus. Já contei essa história. Só que desta vez o olhar do rato é que me pega. Tenho sonhado com ele, com o rato e o seu olhar. Numa mesma noite, sonhei com um jornalista famoso, cujo nome não quero citar, e com o rato de olhinhos cintilantes. Por que ele foi roer justamente *A peste*? Por que nunca saberemos quem atropelou o Ricardo na frente do Bar do Beto? Por que tenho saudade desse tempo ralado em que tomava banho com sacos plásticos nos pés para me proteger do lugar?

Já quase não leio Camus. Ele continua bom, talvez melhor do que antes. Mas já não me diz respeito. A sua vitória sobre Sartre parece definitiva. Ricardo morreu em Joinville. Recebi a notícia da morte dele em Brasília. Escrevi um pequeno livro em homenagem a ele, *Antes do túnel, uma história pessoal do Bom Fim*. Foi uma das pessoas mais livres que conheci. Deixou a Marista, se bem me lembro, antes de mim. Fiquei lá com o que sobrou do nosso exemplar de *A peste* e com os olhinhos do rato. Há ratos na minha vida. Uma vez, num hotel fashion de Nova York, prendi um camundongo na lata do lixo. Fui indenizado com uma passagem Brasil – Estados Unidos. Nunca sonho com o ratinho americano, que me olhava aflito de dentro da armadilha que cobri com um guia telefônico. Só o olhar do ratinho da Marista ainda me acompanha. Por quê? Nunca saberei. Ele faz pensar em Ricardo e Camus.

Escritores e personagens

Em Palomas, o cego Borges reescreve a obra do seu homônimo argentino bebendo vinho local. Faz um parágrafo por noite. A influência é tamanha e a maestria do discípulo tão perfeita que a única diferença entre eles é o gosto do vinho. O velho Borges palomense garante que os seus vinhos são melhores. Detesta os aveludados malbec dos argentinos. Enquanto Borges bebe um gole e espreme os olhos, Isabel Pacheco, no outro lado da vila, escreve uma crônica por dia para o seu blog. Já são 7.223. Espera pacientemente pelo primeiro leitor. Houve um acesso por engano. Sente-se totalmente livre das editoras e dos críticos. Vive para a literatura. Vive das suas galinhas. Já Isolina Dias continua a sua obra de fluxo contínuo, mais moderna do que os modernistas, manuscrita, em cadernos de espiral, que já está na página 239.422. Escreverá até o seu último suspiro, o seu ponto final.

Vitorino Aragonês escreve um romance por ano. Quando termina, joga o original no fogo de chão do galpão, toma alguns mates, passa a noite no bordel da Bibiana, emborracha-se até cair e amanhece na sarjeta. Gasta uma semana curando a ressaca. Ao livrar-se da dor de cabeça, começa um novo romance, o qual, segundo alguns que juram ter conseguido ver certas páginas num momento de distração do autor, é sempre o mesmo: "Penélope tecendo a mortalha de um certo Vitorino Aragonês em Palomas". Pedro Ascânio é prolífico. Também escreve um livro por ano. Metódico, diminui a velocidade da escrita para terminar sempre em 31 de dezembro. Já tem na sua estante, encadernados, 51 romances. Todos inéditos. Eles têm capa, ficha catalográfica, dedicatória, orelha, epígrafe e até autógrafos. Ascânio está certo de que não morrerá sem encontrar um editor. Para não ter a tentação de aumentar o seu ritmo produtivo e ainda ganhar uns trocados, ministra oficinas literárias. Vive de uma pequena herança paterna. Gasta pouco. Encaderna ele mesmo os seus livros.

Gabriel Garcia, um colombiano radicado em Palomas desde 1979, conhecido como Paraguaio, escreve um livro há 31 anos. Está com 99. Não tem pressa em terminar. Será o livro da sua vida. Há uma profusão de personagens que se multiplicam como um vírus e se confundem como moscas. Tudo se passa em Palomas, que ele rebatizou de Macondo. Na sua ficção delirante e original, há um personagem que escreve um livro em Macondo, rebatizada de Palomas. O seu vizinho Santiago Rodrigues tem um título para um grande livro: *Não quero ser Vitorino Aragonês.* Nos saraus literários e nas cachaçadas do boliche do Rubem, Santiago prevê um sucesso colossal e sonha em ser o primeiro Nobel da literatura nascido e criado em Palomas. Ainda não escreveu uma só linha. Recusa-se a ser Vitorino Aragonês.

Palomas tem seus escritores e seus personagens. João Arthur, vulgo Francês, afirma que deixou no seu país poemas malditos que vão revolucionar a literatura. Ninguém acredita. Está preso por tráfico de armas para uma revolução que jamais saiu do papel. Exibe a falta de uma perna como um troféu de guerra. Para impressionar, costuma citar a sua frase predileta: "O eu é um outro".

O mar de Ismália

Quando eu conto, ninguém acredita. Dizem que é uma história literária demais. Outros falam que é inverossímil até como literatura. Mas é verdade. Ela se chamava Ismália, tinha 17 anos, era virgem, lia o poeta Alphonsus de Guimaraens, como sua mãe, que fora casada com um poeta, e morava na "rua de trás", em Palomas. Ismália amava Neto, que foi estudar em Montevidéu e nunca voltou. Foi aí que ela enlouqueceu. Palomas não tinha torre nem mar. Ismália, mesmo assim, pôs-se a sonhar. Via uma lua no céu e outra no mar que Palomas não tem. Começou a andar nua pelas ruas e foi confundida com um fantasma numa madrugada por dois adolescentes que varavam a noite sonhando com Ismália nua andando pelas ruas. Os dois saíram em desabalada corrida para suas casas quando viram seus seios brancos balançando, como se ela pisasse em ondas, sob um luar que parecia cair sobre um oceano.

Desde essa noite, Ismália foi para a cama com todos os homens que encontrou: velhos, moços, feios, bonitos, brancos, negros, todos eram aceitos. Passou a ser chamada de Ismália, a vagabunda. Quanto mais dava para qualquer um, mais se sentia pura. Guardava-se para Neto. Passaram-se 13 anos. Numa noite de lua cheia, desceu do trem, que estava atrasado, um rapaz todo de preto. Bebeu silenciosamente no bolicho do Rubem. Foi aí que Ismália apareceu e lhe sorriu. Foi atrás dela. Deitaram-se sob um umbu. Tudo assim, simples, sem qualquer solenidade ou mistério. Não se reconheceram. Ela lhe contou a sua história. Pela primeira vez, falou a um homem do seu sofrimento. De repente, parecia tão bela quanto quando tinha 17 anos. Ele se fartou sem a menor cerimônia, cobriu os olhos com o chapéu para se proteger do luar e dormiu. Ismália ficou acordada vendo a lua cair no mar.

Levantou-se e andou alguns passos como se entrasse mar adentro. Chegava a dar pulinhos por cima das ondas que nunca vira. Ouvia o barulho, que desconhecia, do mar e experimentava a suavidade de uma brisa marinha inexistente em Palomas. A lua brilhava mais do que nunca. Lembrou-se da mãe, sempre à espera do pai, o poeta. Sentiu a água subindo-lhe pelas coxas (disse isso ao delegado) e quase desmaiou de prazer. Teve o seu primeiro orgasmo na vida. Embora ignorasse essa palavra, foi o que descreveu, como se estivesse em transe, aos policiais. Voltou apaziguada para junto do estranho, que roncava.

Foi então que algo lhe aconteceu. Sentiu-se esquisita, como contaria mais tarde, fria: por que estava ali, tarde da noite, deitada com um estranho? Teve nojo. Achou-se impura. Pensou em Neto. Mexeu na mochila do homem. Havia uma faca entre dois livros. Enterrou a lâmina com uma firmeza que suas mãos jamais haviam possuído. Viu o sangue correr da lua para o mar. Saiu correndo, nua, pelas ruas assustando dois guris imberbes que sonhavam certamente em vê-la nua pelas ruas. Na mochila de Neto, ao lado de alguns documentos, a polícia encontrou um livro de Alphonsus de Guimaraens, uma foto de Ismália e as *Obras completas* de Borges. A foto de uma menina magrela e olhar negro perdido marcava uma página com uma frase sublinhada em vermelho: "A la realidad le gustan las simetrias y los leves anacronismos". Assim.

Metamorfoses da paixão

A ordem natural das coisas mudou. A natureza é uma "metamorfose ambulante". Tudo é possível. Até nascer filho de pai e mãe mortos. Mas talvez não seja o fim do mundo. Apenas o começo. Esse é o verdadeiro sentido do termo apocalipse. Há algum tempo, o normal era se ter paixões desmedidas na juventude, paixões comedidas na idade da razão e comedimentos passionais ou racionais na velhice. Era aquela história do incendiário na mocidade, do bombeiro na meia-idade e das cinzas do vulcão na reta final. Tudo se transformou. Mocidade virou juventude, que virou galera. A velhice cedeu lugar à terceira idade. Os "velhinhos" agora é que estão botando fogo no mundo. Ouvi este diálogo entre dois setentões na Feira do Livro:

– E aí, brother, numa boa?
– Numa boa, gata, levando.
– E o coração?
– Bombando.
– Que que tá pegando?
– Além da gripe, uma dor nas costas.
– Pô, cara, tô falando de pegar alguém, de ficar, saca? Tem um baile pra galera da terceira idade e até mais, a nossa geração, sabe?, onde rolam coisas do arco da velha.
– É mesmo? Tô meio fora de forma. Acho que não dou mais no couro. Sabe como é, não estou mais pra balada.
– Sem essa, cara, depois da invenção da pílula...

– Anticoncepcional?

– Não, cara, a azulzinha. Vai dizer que ainda não experimentou um viagrinha? Olha que o tempo tá passando!

– Puxa, gata, você tá passadinha, hein?

– Passadinha, eu!?

– Assanhada, saca?

– Eu tô é viva. Chego a ficar com cinco caras num baile.

– Ficar como mesmo?

– Dançar, beijar e de repente...

– Que coisa! No meu tempo...

– Ah, não! Comigo não. Esse papo de "no meu tempo" é coisa de velho. Não tenho saco pra isso. Corta essa.

Pode ser que eu esteja exagerando um pouco. Feira do Livro faz a gente imaginar coisas. Garanto, porém, que o essencial dessa conversa é a mais pura verdade. As mulheres mais velhas estão dando lições. Sofá com elas só para enfeitar a sala ou para outras brincadeiras. Nada de ficar atoladas vendo a vida passar. Talvez atoladinhas. Desrespeito? Que nada. Elogio. As mulheres da terceira idade estão deitando e rolando, querem prazer, chamando o jogo para elas, tirando o atraso, tomando a iniciativa, levantando a bola ou chutando do jeito que vem. É por isso que eu as admiro. Só nos dão lições de vida. Beleza!

Uma perda

Fiquei sabendo, com alguns meses de atraso, da morte da Dona Maria. Confesso que a notícia me abalou. Eu me lembro dela meio curvada andando no pátio situado à frente da sua casa. Parecia, 25 anos atrás, já, como se diz, entrada nos anos. A morte é essa coisa estranha tão familiar. Com o passar do tempo e da nossa idade vai aumentando incrivelmente a lista dos "nossos mortos". A morte dos mais simples, como a Dona Maria, tem um aspecto mais impressionante do que, por exemplo, a morte de um Sócrates, cujos gols ficarão na memória de muitos – eu tinha 20 anos na Copa do Mundo de 1982 – ou em imagens que qualquer pessoa pode ver na internet. Sócrates, felizmente, vai continuar como que existindo entre nós. Dona Maria vai permanecer algum tempo nas lembranças dos seus poucos familiares – já não tinha muitos aqui, um sobrinho, se bem me lembro, quando a conheci – e de alguns amigos. Vai desaparecer como uma bolha de sabão.

Dona Maria, quando fomos amigos, morava numa ruazinha do Partenon, próximo da PUC. Depois se mudou, e eu a perdi de vista. Era portuguesa. Sempre falava de uma filha moradora de Trás-os-Montes, que raramente lhe escrevia e nunca vinha visitá-la, de quem se orgulhava imensamente. Nada permitiria pensar que nos aproximaríamos. Eu era um jovem estudante de História e Jornalismo, anarquista, com o cabelo pela cintura, sem dinheiro no bolso e sempre com um livro embaixo do braço. Ela era uma senhora muito simples que gostava de bacalhau e sonhava em voltar para a terrinha. Uma vez me levou conhecer a Casa de Portugal. Nossa amizade começou num 23 de dezembro. Caía a tarde quente quando o portão da PUC, do lado da Bento Gonçalves, foi fechado. Eu pretendia ficar no meu quarto da rua Marista lendo durante o Natal. Mas me bateu subitamente uma tristeza enorme. Saí perambulando meio catatônico. Passei diante da casa dela.

Quase tomei um banho de mangueira. Dona Maria estava molhando a calçada. Riu com o meu susto. Perguntou, como se me conhecesse, o que estava fazendo em Porto Alegre, se não ia para casa no Natal. Respondi que tinha decidido ficar, embora estivesse arrependido. Ela disse que sempre me via passar com os amigos e que sabia que eu estava ali na universidade. De repente, sem mais nem menos, falou assim: "Vai passar o Natal só naquele quartinho?" Acho que balancei. Ela se enterneceu: "Passa comigo, meu filho, vai, também estou só". Passei. Dali em diante, sempre que a coisa andava difícil, eu filava a boia na Dona Maria. Quando tinha bacalhau, ela vinha me chamar. A temporada na Marista acabou e segui em frente sem me despedir da minha solitária e solidária amiga. Mas, vez ou outra, Lima, garçom de um boteco das imediações, outro amigo daqueles dias bicudos, me dava notícias dela.

Será que a filha soube da sua morte? Dona Maria morreu num abrigo para idosos, um asilo. Lima, agora aposentado, foi vê-la poucos dias antes da sua morte. Encontrei-o no saguão do Hospital de Clínicas. Fiquei pensando na Dona Maria como um pingo de água que se dissolveu na natureza. Mais tarde, será a nossa vez, disse o Lima. Saí de fininho. Queria chorar sozinho.

Casal moderno

É incrível como o verão aproxima os casais e provoca neles um intenso desejo de convivência e de compartilhamento de emoções. A praia tem essa capacidade de refrescar sentimentos, abrir bocas por muito tempo fechadas e renovar planos, utopias e programas imediatos.

– Vamos passar a manhã toda no sol, amor.
– Vou ficar na sombra.
– Mas vamos bem cedo que a praia vai bombar.
– Vou bem cedo caminhar no calçadão, antes de o sol ficar forte e de a manada tomar conta de cada grão de areia.

Um cuida do outro como nos primeiros dias de paixão. Nada escapa ou deixa de chamar a atenção. Cada detalhe é esquadrinhado, medido, carinhosa e lentamente analisado.

– Você não vai sair com esse calção, vai?
– Ué, por que não?
– Porque está ridículo. Ainda mais de calção e camisa.
– Pois fique sabendo que estou me achando muito bem, como é que pessoal diz agora? Tendência. Além disso, ontem mesmo, no Leblon, vi o Chico Buarque vestido bem assim.
– Só tem uma diferença, amorzinho.
– Ah, é! Qual mesmo?
– Chico é Chico.

A estação, em princípio, desarma rapidamente as mágoas e os ressentimentos. A filha adolescente aparece toda feliz. A mãe olha complacente. O pai resmunga:

– Ela não vai sair assim, vai?
– Assim como, paizinho?
– Pelada.
– Para com isso, Chicão, deixa de ser antiquado.
– Antiquado, eu? Tenho é valores. O biquíni dessa guria diminui a cada ano. Agora, pelo jeito, diminuiu de vez.
– É a moda, velho.
– Velho! Quem é velho aqui?

Chega o namorado da filha, bermuda florida, sem camisa, musculoso, 30 anos. Dá um amasso na menina.

– De onde ele saiu? – espanta-se o pai.
– Dormiu aqui – diz a mulher.
– Com ela? Com a minha filha?
– É a moda, velho.

Depois de vários choques e desarmamentos, graças ao espírito conciliador do verão, a família e o agregado seguem para as delícias das areias a passo de ganso. A mulher coloca um chapéu. O marido empaca na calçada.

– Você não vai andar com isso, vai?
– Claro que vou, né? Por que não?
– Porque fica ridículo. É chapéu de juntar ovo.

Finalmente instalados, Chicão pede logo uma caipirinha, põe óculos escuros, entrincheira-se embaixo do guarda-sol e começa a girar o pescoço como uma metralhadora. A mulher, em paz com o mundo, aguenta 17 minutos. Diante de uma girada com direito a estalo, diz:

– Vai ficar com torcicolo, Chicão.
– Eu, hein? Só estou lendo a minha revista.
– Sei, tem cada revista loura, né?

A temporada de renovação do amor e de entendimento pleno chega a durar um mês inteirinho. Muito romântico.

Papo de carioca

Não é mole acompanhar carioca. Precisa muita adaptação. Leva tempo para perceber as nuanças, as ênfases, os acentos, as entonações, essas coisas. Carioca tem um ritmo próprio (atraso, em dias úteis, só começa a contar depois de meia hora, já nos domingos a tolerância cresce um pouco, duas horas), um jeito de andar (um doce balanço a caminho do mar quando se sabe observado, o que considera ser uma constante e uma obrigação) e uma maneira de falar (não só pela gastança de esses e erres que mereceria ser tributada pela Receita Federal). Carioca, além de não gostar de sinal fechado e de entrar de sunga ou de biquíni em supermercado, tem mania de ão e inho. De cada três palavras, duas terminam em ão. Ninguém bate carioca na alternância ritmada entre ão e inho.

– Vai um chopinho?
– Que corpão!

Linguistas e antropólogos precisam estudar esses novos usos da língua. Carioca, segundo pesquisa de campo de informantes que preferem não ser identificados, gosta de usar a língua de várias formas e de formas variadas. Parece que a isso se chama de uso polissêmico da língua. Embora as novas regras do acordo ortográfico não autorizem, seria mais adequado, no caso, falar em uso poli-sêmico da língua. Um pauzinho – quer dizer, um hífen – muda tudo. Essa é a riqueza das culturas. Gaúcho, a bem da verdade, também usa ão e inho, mas de outro jeito.

– Vai um cervejão?
– Que corpinho!

Num encontro, em Ipanema, entre um gaúcho e um carioca, aconteceu este diálogo altamente digno de nota:

– Fala, Joaquinzinho. *Cê tá* bom?
– Mas bá, se não é o Ronaldão!

Joaquinzinho andava pelo metro e noventa de altura. Ronaldão era quase tão alto quanto o deputado Romário. Nos botecos, que carioca adora beber em pé, só se ouve:

– Vai rolar uma peladinha maneira no domingão.
– Bacana, sou amarradão numa bolinha.
– Falando, nisso a Marininha tá batendo um bolão!
– Nossa, que gatinha do cão.

No futebol só dá ão:

– Dá-lhe, Fogão!
– Só dá Vascão!
– É Flusão na fita!
– Deixa passar a torcida do Mengão.

No samba só dá inho:

– Olha o Neguinho da Beija-Flor, gente!
– E o Martinho da Vila, meu povo.
– Olha o Paulinho da Viola!

Se deixar, tudo acaba em Zeca Pagodinho ou festão. Os bacanas engordam no Porcão, mas não dispensam um chopinho num pé-sujo. Eta Riozão mais gostosinho, gente.

A primeira vez

Ninguém esquece a primeira vez. Quem não se lembra do primeiro beijo e da primeira ousadia maior? Hoje, a grande primeira vez acontece cada vez mais cedo e com menos mistério. Em casa. Com a supervisão dos pais. Antes, era algo cercado de tabus. A primeira vez de uma menina, então, se não fosse depois do casamento, era sempre produtora de material para uma novela com potencial para um final trágico. Passou. Ganha-se em civilidade. Perde-se em dramaticidade. Os pessimistas falam em banalização do sexo. Os otimistas tratam de aproveitar. Acontece que são muitas as primeiras vezes de um homem. Tem, por exemplo, a primeira vez que um homem de 40 anos pensa em trocar sua mulher por duas de vinte. Ou a primeira vez que faz aquele exame no proctologista.

Já o homem de 50 anos não pensa nisso. O que para ele será a primeira vez pode ser coisa velha para os mais precoces, curiosos, destemidos ou com algum probleminha.

– E aí, Pedrão, já usou?
– Qual é, Arinos? Eu não preciso disso.
– Depois dos 50, Pedrão, é relaxar e gozar.

A pressão social é imensa, um verdadeiro torniquete. Todo dia, no bar, na sauna, no jogo de tênis, na cervejada de quarta à noite, esses lugares, enfim, frequentados por cinquentões, tem um para comentar:

– Entreguei os pontos. Usei. Que maravilha!

– Em casa ou na rua?

– Na rua, só depois dos 70.

O cinquentão novato vai ficando angustiado. Anda às voltas com um monte de primeiras vezes: a primeira vez em que se preocupa realmente com o colesterol, a primeira vez em que conta quantos anos faltam para a aposentadoria, a primeira vez em que lamenta não ter filhos e, portanto, não poder ter netos, a primeira vez em que pensa na sua primeira vez como algo perdido no tempo, uma página folclórica, atrás do galpão, num pelego, a primeira vez em que admite estar arrependido de ter preferido Sérgio a Bráulio, a primeira vez em que esquece a escalação do Inter de 1975.

– O centroavante era o Flávio Minuano ou o Dario?

– Puxa, Pedrão, ficando velho, hein!

– Que é isso, Arnaldo, tá de sacanagem comigo? Tenho a escalação do rolo compressor na ponta da língua.

– Não disse? É a velhice chegando com tudo.

É só uma questão de tempo e de adaptação ao meio. O ser humano não suporta dissonância por muito tempo:

– E aí, já tomou?

– Para com isso. Está tudo bem comigo.

– Quantas, Pedrão?

– Por mês?

– Por semana, Pedrão. Não sabe a unidade de medida desse negócio por faixa etária? Até os 39, é por dia. Dos 40 aos 60, por semana. Chega um tempo em que é por década.

– Exagero seu. Está tudo nos conformes.

– Mas não toma sem ir ao médico, Pedrão.

– Que coisa! Médico para isso.

– Toma logo, Pedrão, que a vida começa aos 50.

Ritual de inversão

Antropólogos criativos consagraram a ideia de que o carnaval é um ritual de inversão: homem sai vestido de mulher, pobre vai de imperador, rico veste fantasia de gari, cachorra vira gatinha, machão aproveita para relaxar, policial disfarça-se de bandido, bandido sai fardado, tudo, como se vê, muda totalmente de lugar. Menos a luta por um lugar num camarote VIP. Quem imaginaria coisas como essas ao longo do ano, quando impera a normalidade? Essa ideia está tão disseminada, mesmo entre os que nunca ouviram falar dela, que, volta e meia, acontece alguma inversão radical e até inusitada.

– Vou sair de traficante.
– Qual a novidade?
– Vou ser o chefe.

No carnaval de Brasília, cada vez mais turbinado e inventivo, estaria surgindo o Bloco da Honestidade, uma experiência absoluta de inversão de papéis rotineiros.

– Quero sair de ladrão.
– De ladrão?
– Isso mesmo.
– Não vai dar.
– Por que não?
– O senhor é senador.

Tem malandro que aproveita essa história de ritual de inversão para se safar do que não tem vontade de fazer. Um marido cervejeiro – desses que se comportam semanalmente como personagens bem-humorados em propagandas altamente criativas com mulheres quase peladas servindo cerveja para tiozinhos barrigudos – saiu-se com esta para apagar o fogo carnavalesco da patroa, mãe de quatro filhos, que adora sair de loba:

– Vou passar o carnaval em casa.

– Ué, que bicho te mordeu, Betão? Você nunca chega em casa antes das duas da manhã em final de semana.

– Você não vive dizendo que eu sou um péssimo pai?

– E um marido cada vez pior, que só pensa em futebol, cerveja e em jogar conversa fora com um bando de vadios.

– Pois é, resolvi mudar.

– Agora, em pleno carnaval?

– Isso mesmo. Vou ficar de bom pai e bom marido.

Há casos que, pela complexidade da inversão, exigem a interpretação de psicanalistas ou colunistas sociais.

– Que está fazendo dentro do armário, Vadico?

– Passei o ano fora.

A violência também passa por um processo de inversão no carnaval. Um praticante de crimes de colarinho branco, beneficiado por um habeas corpus do STF, arrastou para um motel de luxo, depois de muita cantada, uma moça de boa família. Acordou, já com o sol alto, com a donzela, fantasiada de pistoleira, esvaziando a sua carteira.

– Que está fazendo aí, sua piranha?

– Recuperando a minha parte como contribuinte.

Terapia de casal

Qualquer um sabe: não existe hora para se começar uma terapia de casal. O mais adequado, porém, é que se comece depois do casamento e algum tempo antes da separação. É verdade que alguns casais, apressadinhos ou estudiosos do assunto, preferem fazer terapia preventiva, profilática, no espaço entre o tal ficar e o apresentar para a família, enquanto outros, imprevidentes, tentam começar uma terapia só quando já estão assinando os papéis do divórcio barraquento. A terapia de casal parece ser muito útil, conforme atestam especialistas, mas tem um limite bastante desagradável: não salva casamento fracassado da sua liquidação. Por outro lado, parece, ainda são poucos os terapeutas que aceitam, por questão de segurança, participação de amante no tratamento.

– Sem ela, eu não faço.

– Mas por que essa teimosia?

– Teimosia? Eu chamo isso de bom senso. Para que serve tratar do crime sem a presença do criminoso?

– Você não ia aguentar ficar na frente dela, Vilma.

– Claro que não. Por isso mesmo que sem ela eu não vou. Que outra oportunidade eu posso ter para matá-la?

Casais são formações complexas. Em princípio, reúnem duas pessoas que decidiram livremente viver juntas.

– Quero fazer terapia de casal, Valadão.

– Por que, amorzinho? Está tudo bem entre nós.

– É isso que me preocupa.

Há todo tipo de resistência a uma terapia de casal. Tem marido que só vai com habeas corpus preventivo permitindo-lhe não abrir a boca durante toda a sessão.

– Se você contar para ele aquilo eu peço o divórcio!
– Mas se a gente vai justamente para não se divorciar.
– Pode ser. Mas se você falar daquilo, acabou.
– Aquilo que você gosta?
– Não se faça de sonsa comigo, Lilica.
– Que é que tem? O cara é um profissional assim como um açougueiro, um carteiro, um massagista, um farmacêutico.
– Eu não falo para o carteiro das tuas preferências.
– Diante de um terapeuta, Jonas, não me importa.
– Pois eu me importo. É cláusula pétrea para mim a separação cristalina entre público privado, cama e divã.

Tem muito preconceito nisso tudo. Há gente muito desconfiada. Tem medo de que o terapeuta entregue o jogo.

– Que bobagem, Mariano. Seria antiético da parte dele.
– Pode ser, mas não existe segredo total na cama. Ele vai falar para a mulher dele, que vai acabar contando para uma amiga, que frequenta o mesmo salão que a Diana...
– Que Diana?
– Sei lá, sempre tem uma Diana nesse tipo de história.

Pior são os que, mesmo atolados na crise, na beira do abismo, recusam-se por uma questão de princípio.

– Jamais. Casamento comigo é a dois.
– E a terapia de casal?
– É uma indecência, uma imoralidade.
– Como assim?
– Um ménage à trois.

Depois das chuteiras

Tem mulher que marca o marido de cima. É marcação, como se diz, homem a homem. Não deixa nem respirar. Só de imaginar o maridão metido com um monte de marmanjos, começa o drama. Se ele for, ganha cartão amarelo. Se repetir, leva o vermelho. A justificativa é injusta:

– Eles só jogam para falar de mulher.

Nessas condições, o atleta acaba tirando o time de campo. Vez ou outra, porém, precisa dar uma explicação:

– E aí, Julião, sumiu do futebolzinho?

– Sabe como é, a Mariana não dá folga.

– Casamento novo é assim. Daqui a um ano ela te libera.

– Tomara que sim. Já vamos fazer 25 anos de casados.

Existem outras, contudo, que jogam aberto. Sabem que a melhor defesa é sempre o ataque. Jogam e deixam jogar. Temem, na verdade, é marido ocioso, sentado no sofá.

– Aline, o Joaquim largou o futebol.

– Que bom. Agora ele vai ter mais tempo para você.

– Mais tempo!? Estou apavorada. Sem o futebol, nosso casamento corre perigo. O que ele vai fazer no sábado à tarde? Quando é que vou poder ir sozinha ao shopping?

O momento de largar o futebol preocupa os homens. Alguns, claro, aceitam bem a aposentadoria. Outros, bem entendido, sentem falta das corridas, dos gols e até das divididas. Atolam-se no sofá, bebem e ganham barriga. Os mais estranhos, porém, não são esses. São os da conversa.

– Saudades do futebol, Marquinhos?
– Do futebol mesmo, não. Já não tinha saco para correr.
– Foi bom largar então?
– Péssimo.
– Agora não entendi, Marquinhos. Esclarece aí.
– Sinto falta do vestiário.

O papel do vestiário na vida de alguns homens é determinante. Funciona como terapia, confessionário, válvula de escape. Tem quem só saia do vestiário na marra.

– Saudades do vestiário, Marquinhos?
– Do antes e depois do jogo no vestiário.
– Daquele monte de homem pelado?
– Que é isso, tá me estranhando, parceiro?
– De que então?
– Das conversas de vestiário. Era ótimo para relaxar, sair da rotina, esquecer os problemas, estar com amigos.
– De que vocês falavam?
– De mulher, casamento, trabalho...
– Ah, estou vendo. Ótimo para sair da rotina.
– Vê o caso do João.
– Que tem ele?
– Arranjou uma amante nota dez.
– Está feliz?
– Triste. Largou o futebol. Não tem para quem contar.
– Por que você não vai só ao vestiário?
– Não é a mesma coisa. Sem jogar, não rola.

O fim das ideologias

Depois da queda do muro de Berlim, em 1989, o mundo nunca mais foi o mesmo. Depois do 11 de setembro de 2001, então, aí mesmo é que o mundo nunca mais foi o mesmo. As mudanças de valores e de comportamentos não param de acontecer. É a aceleração mais vertiginosa da história. As evidências dessa metamorfose estão por toda parte.

– Como vai, Romualdo? Soube que você mudou de partido.

– Mudei. Não suportava mais o PSTB.

– Mas você mudou da esquerda para a direita. Logo quem! Eu sempre achei que no seu caso isso seria impossível.

– Não existe mais esse negócio de esquerda e direita, Zé.

– Não?

– Claro que não. Isso é só conversa fiada da esquerda.

Parece definitivo: as ideologias acabaram. O epitáfio das ideologias é apresentado todos os dias.

– Mas e a ideologia como fica, Romualdo?

– Isso acabou. Não existem mais ideologias. Já era. Só quem se interessa por ideologia são os esquerdistas anacrônicos, gente que ficou grudada no passado.

– Ah, bom! Por que isso, Romualdo?

– Ora, por ideologia.

– O marxismo é uma ideologia?

– Claro, a mais resistente.

– Mas os marxistas sempre acharam o marxismo científico uma ciência capaz de revelar os mecanismos da ideologia.

– Ciência coisa alguma. Pura ideologia.

– E a sua nova posição?

– É neutra, científica.

Em todos os campos se pode notar a grande mutação. A família mudou. Já não estamos no modelo convencional. O núcleo tradicional fracionou-se. São muitas as novas possibilidades. Um aspecto, porém, permanece, o fator de ligação, o elo, o vínculo, o chamado laço social: o amor.

– Vão passar o carnaval no Rio, Evandro?

– Não vai dar.

– Que coisa! Vocês sempre gostaram. Não me lembro de algum carnaval, nos últimos 40 anos, sem vocês no Rio.

– É, muita coisa mudou.

– Por exemplo?

– Não temos com quem deixar as crianças.

– Crianças?

– Um problemão.

– Mas a Pat e o Lucas já não andam pelos 30?

– Sim, estão adultos, já formaram família. Já somos avós, sabia? Temos dois netinhos adoráveis, dois guris.

– Você cuidam deles para a Pat e o Lucas?

– Não, de modo algum. Ficam na creche.

– E as crianças, então?

– A Ju e o Lu.

– Adotaram um casal?
– Compramos.
– Tráfico de criança, Evandro?
– Dois cachorrinhos lindos, Carlão.

Novas funções

Na crise dos 40, o homem deparava-se com três tipos de mulher: a interessada, a interessante e a interesseira. O problema é que a interesseira era quase sempre interessante, o mesmo não ocorrendo com a interessada. O homem sem crise, mas instalado nos 50, descobre novos personagens e novas funções sociais. Ainda está longe, em geral, da passagem da interessada, da interessante e da interesseira para a enfermeira. Mas passa a usar os serviços da massagista. Calma, sem preconceitos, a massagista, no caso, atua sem fins libidinosos, embora, na fantasia masculina, isso ocorra. Novos diálogos e novas interpretações se estabelecem.

– Ah, as dores!
– Dores?
– Sim, começo a sentir dores que me pareciam impossíveis.
– É?
– Sim. E a ter lembranças esquisitas.
– De que tipo?
– Dor no ciático.
– Estava falando que tipo de lembranças?
– Ah! Lembra dos Jordans?
– Não, claro que não, isso não é do meu tempo.

A principal característica do avanço do tempo é o recuo que ele provoca no imaginário de algumas pessoas. A figura começa a achar que Sidnei Magal era uma espécie de bailarino russo se comparado com Michel

Teló. Se duvidar, emociona-se ouvindo a primeira gravação de "eu não sou cachorro, não". O tempo revisa concepções estéticas.

– Para pior.

– Prefiro falar em amadurecimento do gosto.

– Não conheço os Jordans nem esse cachorro aí.

– Não disse? Tinha uma música dos Jordans, com versão brasileira interpretada pelos Demônios da Garoa, saca?

– Não. Nem Jordans, nem Demônios da Garoa, nem saca.

– Falava assim: "Não chores, não chores,/marionetes de cartão,/as dores da alma fazem mal ao coração".

– Que horror!

– Eu gostava.

– Estou vendo.

– Pois é, isso muda, inverte-se, saca? Chega um tempo em que são dores do coração que fazem mal à alma, saca?

Faz-se um longo silêncio. Os amigos ficam ensimesmados. Depois de um tempo constrangedor, um fala:

– Você é muito novo para sentir dores do coração.

– E muito velho para sentir dores da alma.

– Ai, que drama!

– Não disse?

– Disse o quê?

– Que tudo muda. Eu não era dramático.

– Era o quê?

– Trágico.

– Devia ser muito melhor.

– Agora, troquei Nietzsche por Schopenhauer, João Gilberto por Roberto Carlos e Cruyff por Celso Roth.

– É. Só falta trocar Madonna pela Ana Maria Braga.
– E a Mariana Ximenes pela Marlene Dietrich.
– Marlene Dietrich?
– Outra lembrança esquisita. Como a dor no ciático.

A teoria do salto

A vida se decide nas pequenas coisas. Napoleão sabia disso. Cuidava de tudo. É dele esta frase profunda em estado de alerta: "Do sublime ao ridículo é apenas um passo". Estrepou-se quando deu o passo maior do que as suas pernas curtas. Van Gogh não deixou por menos: "As grandes coisas não são feitas por impulso, mas através de uma série de pequenas coisas acumuladas". Por descuido, fez só grandes coisas, mas não as acumulou. É isso aí: a vida depende de detalhes. É na minúcia que tudo se decide. Por exemplo, o que você ouvia na adolescência.

– Rock ou MPB?
– MPB.
– Beatles, Rolling Stones ou The Jordans?
– The Jordans.
– Janis Joplin ou Celly Campello?
– Celly Campello.
– José Mauro de Vasconcelos ou Carlos Castañeda?
– "Meu pé de laranja lima".
– Beethoven ou José Mendes?
– Opa, isso é um contrabando.

Nada a fazer. Os dados estão lançados. Você nunca dará o grande salto. Poderá, claro, com muito esforço, remediar a situação, mas o estrago já está feito. Terá de trabalhar dobrado. Andará sempre meio fora de sintonia. Poderá chegar a Olegário Lima, mas não a Paulo Coelho e a Eduardo Bueno. Muito menos a Michel Houellebecq. Sem a geração beat, sem rock, sem maio de 1968, sem cultura pop, hippie, nada feito. Só lhe restará o ressentimento. A vida é assim, tudo se decide no detalhe do estilo.

– Bráulio ou Sérgio?
– Sérgio.
– Emilinha Borba ou Marlene?
– Guimarães Rosa ou Mário Palmério?

É questão de sedimentação do imaginário, da formação do juízo do julgador. Quer dizer, relativizando, sem mágoas, tudo ficará muito mais difícil e demorado. Mas, pensando bem, a vitória, o sucesso, ainda será possível. Tudo dependerá do talento de cada um. O essencial, porém, é outra coisa, um elemento que fala mais do que a leitura das cartas, do que o seu mapa astral, do que a sua mãe, do que o seu boletim, o seu time de botão na infância.

– Puxador ou panelinha?
– Panelinha.
– Um toque, dois toques ou toque-toque?
– Toque-toque.

Aí não tem o que fazer mesmo. É definitivo. Como disse Lao Tsé, "governa-se um grande Estado assim como se frita um pequeno peixe". Nada mais claro e verdadeiro.

Saudades do trema

Portugal quer rever o acordo ortográfico dos países lusófonos. Eu também. Já era tempo. Quer dizer, ainda está em tempo, pois é o primeiro ano em que a regra começa a valer por lá. Eu cheguei a pensar que esse acordo serviria para simplificar. Complicou. Para mim, gramático diletante, a escrita deve indicar a pronúncia das palavras. Para isso servem acentos fechados e abertos. Não me acostumo com assembleia sem acento, embora tenha assento demais nas nossas assembleias. A língua deve ser autoexplicativa. Vivo com saudades do trema. Choro pelo trema. Perco o sono por causa do trema. Linguiça e enguiça viraram a mesma coisa para quem não tem intimidade com elas. Esse acordo cometeu um crime ao liquidar o inocente, útil e fácil de aplicar trema. Um crime de "tremicídio". Tudo porque, no passado, ele dava trabalho para as datilógrafas portuguesas. Guilhotinaram o trema a pedido de alguma secretária protegida pelo chefe. Perco a cabeça pensando no coitadinho do trema.

A rebelião portuguesa contra o acordo ortográfico conta com o secretário de Estado da Cultura, Francisco José Viegas, com o poeta Vasco Graça Moura, diretor do Centro Cultura de Belém, que mandou cancelar o uso das regras do acordo nos documentos sob o seu controle, e com o professor Ivo Barroso, da Faculdade de Direito de Lisboa, que pediu a declaração de inconstitucionalidade do acerto. Agora é guerra. Estou com eles. As preocupações dos portugueses fazem sentido. Como a nova norma manda eliminar da escrita as consoantes não pronunciadas na fala, em Portugal Egipto virou Egito, o que não chega a ser grave nem a fazer tremer as pirâmides, mas cacto virou "cato", o que já é mais espinhoso, recepção tornou-se "receção", o que parece mais um erro de português, quer dizer, de gramática, não dos portugas em pessoa, e espectador transformou-se em "espetador", o que faz a crise parecer ainda mais aguda.

As melhores reformas de uma língua costumam vir das ruas. Os melhores gramáticos, assim como os melhores poetas, atuam nos bares da vida ou na diplomacia, o que lhes dá mais tempo de frequentar os bares da vida. Os doutos inovam pouco e complicam muito. Tenho implicância com certas coisas. Por que nomes de pessoa estão dispensados de acentos? Sou contra escrever Nilson, Vilson e Gilson sem acento. Tenho medo de que saiam voando. Se não for possível retroceder no acordo, pois nossos donos da língua estão babando de contentamento com a cacaca que fizeram, tenho uma sugestão para brasileiros e portugueses: mudar a pronúncia de certas palavras. Por aqui, passaríamos a pronunciar linguiça como enguiça. Por lá, eles passariam a dizer espectador e assim recuperariam esse "c" sem o qual ficam mudos de vergonha.

Virei restaurador. Sou capaz de pegar em armas pela volta do trema. O acordo poderia, ao menos, ter melhorado a regra do hífen. Continua a mesma gandaia. Nunca se sabe onde botar o tracinho. Às armas, cidadãos (opa, errei de hino)! O trema merece uma guerra fratricida. Essa reforma parece piada de português: não tem graça alguma. Tremei.

Sob a lua cheia

Eu estava numa pequena cidade.

Entrei no restaurante do hotel e dei um boa-noite quase sussurrado. Dois homens jogavam canastra. Outro, olhava televisão sem muito interesse. Fazia 25 anos que eu não segurava as cartas, mas, tendo sido campeão no passado, pensei em propor parceria. Sentei-me na mesa ao lado e pedi uma latinha de cerveja. Lá fora, o calor era avassalador. Vez ou outra, eu tentava ver se eles me espiavam por cima do baralho. Escutava as suas tiradas, brincadeiras, exultações. Eu era o forasteiro, o visitante solitário na cidade pacata e ordeira. No céu, uma imensa lua cheia exibia-se impudicamente. Um show.

Comi bife com salada, terminei a cerveja, junto com a novela, e bati em retirada para o meu quarto no fundo do pátio. Por alguns instantes, absorvi o perfume da noite e contemplei a lua como um poeta anacrônico. Olhei o teto por alguns minutos. Dormi uma hora, sobressaltado, e levantei-me para esperar o motorista que me conduziria à rodoviária. Pegaria um ônibus perto da uma hora da manhã. Caminhei até a frente do hotel. Nada se movia. Penso ter ouvido algum grilo. Encostei-me a uma mesa de sinuca, numa grande varanda, e fiquei fitando a lua e aproveitando o primeiro frescor da noite tórrida. Que paz naquela cidade! Senti-me repentinamente livre de tudo.

Passaram-se uns 15 minutos. E se o motorista não aparecesse? Eu voltaria ao quarto solitário? Passaria a noite olhando a lua? Andaria pelas ruas como um fantasma só pelo prazer de me sentir livre? Haveria algum perigo? Nenhuma alma viva, como se diz, parecia respirar naquela solidão povoada de estrelas. Finalmente um carro despontou na esquina, fez a volta diante do hotel e estacionou na minha frente. Saí do escuro e das minhas divagações. O motorista era simpático. Depois de alguns instantes, com a conversa engrenando, ele perguntou:

– Viu o homem?
– Que homem?
– O rapaz?
– Onde?
– Um pouco acima de onde o senhor estava.
– Tinha alguém ali?
– Sim, um pouquinho acima na rua.
– Então ele continuava ali – eu disse, espantado.

Eu o tinha visto antes de ir para o quarto. Um jovem consumidor de crack. Quando subi, ele estava imóvel, com cara de paisagem, de costas para a lua, numa bolha. Depois, compreendi, havia atravessado a rua. Pensar que ele estava ali o tempo todo, imóvel, indiferente, fechado, a poucos metros de mim, me deu um calafrio, mas não de medo. Algo indefinível, esquisito, uma questão:

– Será que ele via a lua?

Textos sem fim

Uma crônica é um texto contínuo dividido em capítulos cotidianos. O leitor não percebe, mas o autor anda em círculos. Comecei, há anos, um artigo que saiu na *Folha de S.Paulo* no tempo em que eu ainda mantinha boas relações com jornais paulistas: Juan Dahlmann, o bibliotecário de Borges, que embarca, em Buenos Aires, para o Sul é um homem desnorteado. Viagem sem retorno, marcada pela saudade, mais literária do que real, rumo ao passado, ao encontro da morte. Viagem de um louco. O Sul, na obra do argentino, é uma categoria temporal, melhor dito, intemporal: a eternidade numa bússola teimosa. Borges considerou, num prólogo a *Artifícios*, "El Sur" como possivelmente o seu melhor conto. Com certeza, resume o imaginário do autor na plenitude da criação. O problema mesmo é identificar um texto ruim de Borges.

Como eu leio esse conto uma vez por mês, nunca termino de escrever sobre ele, o que me transforma num maníaco e num sujeito de bom gosto. Se "nadie ignora que el Sur empieza del otro lado de Rivadavia", tampouco ninguém mais ignora que, depois de Borges, Sul começa com "B". Ou, ao contrário, Borges sempre começou com "S": de *soledad, senderos, secretos, sueños, simulacros,* Sarmiento, Sombras... *Sur.* Só eu ignoro até onde irá minha obsessão. Já em *Fervor de Buenos Aires*, seu primeiro livro (1923), Borges cantava o Sul como essência do poema (seja lá o que eu quis dizer com isso.

Ou ele?). Em *Cuaderno San Martin* (1929), já aparecem as ruas do sul associadas à morte, logo ao tempo. Por consequência, à memória. Sul da América, mas antes de tudo da era *gaucha*.

Sul de gaúchos, de lembranças, de um estilo de vida fadado à recordação por já viver do esquecimento. Escritor do sul, Jorge Luís Borges encontrou nas sombras atalhos para segredos e sonhos escondidos desde logo ali, nos subúrbios de Buenos Aires. Mas toda a literatura de Borges se bifurca na passagem para o sul. Mesmo tendo bebido incessantemente das mitologias grega e escandinava, ele percebeu, na mitificação do pampa cardeal situado do lado esquerdo da pena, "que gauchos [homens] de esos ya no quedan mas que en el Sur". Acho que continuo escrevendo para tentar entender o que escrevi. É certo que ler Borges em excesso enlouquece. A pessoa começa a fazer frases desconexas e a sonhar toda noite com trens e bolichos tristes de beira de estrada.

Se o Sul levou Dahlmann ao duelo libertador, longe do sanatório, na busca da estância do avô materno, arrastou Borges para a glória sem fim. O escritor universal e erudito, como pouquíssimos gênios, soube transformar o tempo local numa mitologia. Foi nesse sul mítico que viu a poesia sangrar. O sucesso de Borges foi tanto que gerou loucos que passarão a vida a relê-lo e a escrever uma crônica sem fim mesmo que o fim já tenha acontecido. O fim é um tempo sem literatura, sem divagação, sem perda de tempo, sem a nostalgia de um paraíso perdido e sem um conto a ser relido todo mês. Um colunista deve ser útil. Um cronista pode ser inútil. Sou quase imbatível nesse quesito. Só perco para os demais.

No popular

Aí neguinho me diz na bucha: "Ô mermão, segura a onda, ou cê vai se ferrar". Aturdido, tento esclarecer: "Que onda, cara?" Ele parece indignado ou apenas surpreso: "Brother, a onda vai te engolir e cê nem sabe que cara ela tem. Acho que cê tá ferrado!" Tento me adequar à situação. Sei que a linguagem conta muito numa hora dessas: "Que que tá pegando, meu?" Ele vê que ganhei um pouco de cor, mas não se deixa ludibriar: "Bagrinho morre pela boca, brother. Vai por mim". Fico atônito. Que dizer? Que fazer? Aí neguinho ri: "O bicho tá pegando, né, mano?" Acho que sim. Tento sorrir. Ele me consola: "Relaxa e goza, branquelo, que o que é teu tá guardado".

Quase desmaio. Ele ri: "Cê não é escritor? Todo escritor sabe a hora de sair de banda". Chego a ficar alegre. Ele sabe que sou escritor. Finalmente alguém me reconhece como escritor. Chego a imaginar que vai me pedir um autógrafo. Fico imaginando que livro meu ele terá lido. Tem cara de quem leu *Solo*. Se duvidar, leu *Adiós, baby*. Tem uma latinha de quem não leu porra alguma (mil desculpas pelo palavrão, não consegui me conter). Penso e isso e me censuro: qual é, meu? Que preconceito é esse? Ele parece ler meus pensamentos e não me dá mole: "Sai dessa, brother, nunca li um livro teu, mas sei que você maltrata as letrinhas. Tive uma gata que te lia. Ela leu alguns pedaços pra mim. Não era ruim, só que depois de trepar, saca?, acabei dormindo".

Aí ele me perguntou quase ingenuamente: "Não quer escrever a minha vida? Fazer a minha biologia?" Juro que ele disse isso. Eu não ia inventar um negócio desses. Tudo tem limite. Pensei em perguntar o que havia de interessante na vida dele para contar, mas, felizmente, desisti. Ele explicou sem demora nem arrogância: "Minha vida é pum, pum, pum, pá, pá, pá, uma loucura, um filme". Então não é comigo, creio ser adequado precisar para me livrar da roubada. Melhor procurar um cineasta. Tenho alguns bons diretores para indicar. "Primeiro o livro, né?, depois o filme, não?", ele interrompe o que nem comecei a dizer. Prossegue: "Será que Rodrigo Santoro toparia ser eu na telona? Tem que ter uma gostosa como minha gata". Quem? Sei lá, ele responde, "uma deusa, a Viviane Araújo". Aplaudo a escolha. Ele não se convence. "Não gosta, cara? Ih! Será que mulher não é a tua praia?" Balanço a cabeça freneticamente tentando eliminar qualquer mal-entendido. "Cê tem jeito de gazela, cara".

Fiquei na minha. Ele deu uma volta. Retornou à carga: "Minha história vale um livro, mano. Ou será que tu não tem bala na agulha pra contar o meu bagulho?" Não quis me gabar. Nem me encolher. Aí ele falou: "Tem muito sexo na vida. Sabe narrar cena de sexo?" Fiz que sim com a cabeça. Timidamente. "Vamos fazer assim, brother. Escreve a minha história. Se eu gostar, te entrego outras. Se ficar ruim, eu vejo o que faço contigo". O tempo não passava. Ninguém chegava. Neguinho chegou o rosto muito perto do meu: "Fechado, mermão?" Não respondi. Ele se afastou lentamente sempre me cuidando de rabo de olho: "Fui".

O falso Borges

Pedro M., 89 anos, morreu em Palomas. Dedicou a sua vida à literatura. Publicou poemas simbolistas e ensaios sobre filosofia. Teve poucos leitores certamente por causa da grande complexidade e sutileza dos seus escritos. Ficou, ainda assim, famoso pela originalidade: espalhou enigmas, punhais, bibliotecas, espelhos e duelos nas suas histórias. Em certo momento da sua emocionante existência, resolveu que reescreveria a obra do argentino Borges. Não pretendia copiá-la. Nunca aceitou o plágio. Nem sequer desejava, o que seria muito fácil, inspirar-se na portentosa literatura do argentino para criar outro Borges. Planejou uma obra capaz de, linha a linha, coincidir com a obra de Borges. Começou pelo "Hombre de la esquina rosada". O trabalho tomou-lhe quase uma década. Por fim, chegou à última parte da frase final desse conto tornado clássico. Em Borges: "y no quedaba ni un rastrito de sangre". Em Pedro, depois de milhares de modificações: "e não restava nenhum rastinho de sangue".

Cabe informar que Pedro praticamente inventou o imaginário de Palomas. Entendia que toda tradição é uma criação poética situada num instante histórico e numa mente para além da História. Na primeira fase da sua carreira, como poeta e largador de trens, narrou a fundação mítica de Palomas, num tempo de entreveros entre portugueses e espanhóis, que resultaram em milhares de mortes por degola e sepulturas esquecidas na

Cordilheira de Palomas. Na segunda fase da sua criativa atividade literária, já como autor de narrativas curtas e bibliotecário, reconstruiu um mundo de personagens que ainda podem ser encontrados nas profundezas da campanha gaúcha: jogadores de truco, corredores de carreiras de cancha reta, tropeiros, assassinos sem arrependimento, domadores, soldados a serviço de estancieiros, changueiros, chibeiros, professores de escola rural etc.

A vida amorosa de Pedro foi marcada por dois acontecimentos singulares. A primeira mulher, uma china de feições indiáticas, Lisandra, fugiu na carreta de um mascate deixando-lhe 20 contos de réis de indenização. A segunda, Maria, só o encontrou quando ele já estava impotente. Mesmo assim, viveram um grande amor. Determinado a escrever uma obra portentosa capaz de ser a obra de Borges, Pedro passou a tentar viver como Borges. Levou 15 anos para escrever "O sul", história de um bibliotecário que enlouquece e volta para morrer, em duelo, num bolicho de Palomas. Ao longo do tempo, contudo, Pedro percebeu que para escrever uma obra que fosse a obra de Borges precisaria dar um grande salto.

A ideia veio-lhe aos poucos. Pode-se dizer que foi o fruto do amadurecimento. Depois de reescrever "Pierre Menard, autor de Quixote", sentiu ter chegado praticamente a uma obra-prima: o texto de Borges, ou melhor, de Menard, que coincidia linha a linha com o de Cervantes, passara a coincidir, linha a linha, com o seu. Faltava, porém, alguma coisa para que fosse Borges. Um clarão no meio da noite iluminou a sua criação. Precisava ficar cego. Antes do amanhecer, furou seus dois olhos.

Qual o seu detetive?

Tenho falado muito de livros. Preciso fazer isso antes que desapareça. O livro. Ou eu. Culto e afiado leitor, qual o seu detetive de romance policial preferido? Sherlock Holmes, de Arthur Conan Doyle? Hercule Poirot, de Agatha Christie? Philip Marlowe, de Raymond Chandler? Sam Spade, de Dashiell Hammett? Jean-Baptiste Adamsberg, de Fred Vargas? Ou o velho e bom comissário Maigret, de Georges Simenon? Eu poderia ainda incluir na lista, embora suspeito, o inspetor René Manhãs, criado por mim em *Adiós, baby*. Mas a proverbial e incomparável modéstia que me caracteriza, da qual o atento leitor é testemunha privilegiada, me impede de fazê-lo. Confissões, confissões: Holmes nunca me pegou. Poirot já me encanta mais. A ironia de Marlowe me fascina. A mescla de brutalidade e cinismo de Spade é devastadora. Adamsberg, com seu jeito de homem comum, tem seu charme. Os fracassos de Manhãs me enternecem. Opa! Não posso misturar alhos com bugalhos ou vão dizer que se trata de autopromoção. Jules Maigret é o melhor de todos.

Vou contar uma coisa: chego a inventar viagens só para passar pelas livrarias de aeroporto e comprar novas histórias de Maigret (os pockets da L&PM). Só os adquiro em aeroporto. Depois de alguns meses, esqueço tudo o que li. Compro de novo sem me dar conta. E escrevo novamente. Tenho seis exemplares de *Maigret e o homem do banco*. Acho que isso é uma pista. Uma pista da minha paixão por Simenon ou de que nunca escaparei do alemão, o Alzheimer. Já sinto o seu bafo na nuca. Chego a tremer de pavor. Um livro é bom, todo mundo sabe disso, quando não se pode largá-lo. Li recentemente *Maigret e o cliente de sábado*. Torci para o avião atrasar só para eu não ter de fechar o livro. Fiquei indignado quando o comandante anunciou a aterrissagem. Ainda me faltavam 20 páginas.

Se essa gurizadinha afetada da Cia das Letras, intitulada pela mídia modernosa dos segundos cadernos paulistas e cariocas de nova geração da literatura brasileira, lesse Simenon e parasse com esses livrinhos raquíticos, cheios de frases enfeitadinhas e de histórias que jamais soam verdadeiras, poderia ser coisa que prestasse por aqui. Vai ser difícil. Como diz a galera, eles se acham. Mas não se encontram. Em *Maigret e o cliente de sábado*, com duas pinceladas precisas Simenon situa, por um lado, a sordidez da vida, a vilania no casamento de um homem, e, por outro lado, um detalhe aparentemente anódino que dá veracidade ao relato, a entrada da televisão na vida dos franceses. Maigret, ao voltar para casa, onde sua mulher o espera comportadinha e com a janta pronta, sociedade machista, só quer se entregar à novidade e ver o telejornal. Até os lugares à mesa mudam. O extraordinário entra pela frestas do ordinário. Tudo é simples e profundamente verdadeiro.

A mulher arranja um amante, empregado do marido. Instala-o na cama do casal. Põe, na sala, uma cama de abrir para o ex-titular do seu leito e do seu corpo. O lesado procura Maigret e avisa que pensa em matá-los. Que pode fazer o comissário? Vai ler o livro, seu preguiçoso.

De canto de língua

Meus já longos anos de existência me ensinaram algo: a língua é um sistema de hierarquia social. Certo e errado são convenções que podem ser ignoradas ou cobradas conforme as conveniências. Farei uma afirmação categórica: ninguém fala certo. Ninguém fala totalmente certo. Em momento algum. É impossível. Ficaria pedante demais. A língua é viva. Sou obcecado por algumas mudanças. Quer dizer, ficou pensando quando elas terão acontecido. Acho que já escrevi sobre isso. Mas, como estou gagá, vou certamente escrever de novo. São questões transcendentais, quase metafísicas, de imaginário. Quando passamos a dizer "oi" em lugar de "ó"? Por que o "ó" se tornou obsoleto e até ridículo? Por que o "oi" nos parece mais moderno e convincente? O que houve com o "ó"? Em que momento, para ser muito claro, o "ó" caiu em desgraça?

Em que momento histórico os bacanas passaram a dizer bacana em vez de legal? Em alguns casos, questiono meus amigos narradores de futebol: quando foi que deixaram de dizer descontos e passaram a falar em acréscimos para se referir aos minutos definidos pelos árbitros a se jogar após os 45 do tempo regulamentar? Não encontro resposta. Há situações claramente induzidas pela mídia. "Risco de vida" passou a ser "risco de morte". Parece lógico. No fundo, é literalidade, tipo piada, de português. Na expressão "risco de vida" está subentendida a ideia do "risco de perder a vida". É sutil e inteligente. Ninguém pode pensar que seja risco de viver. Por que então essa necessidade positivista de enfatizar o risco de morrer? Risco de morte, de certo modo, é quase como dizer "subir para cima". Menos, não? Sim, menos. Mesmo assim, demais.

Há quem sonhe com uma língua sem ambiguidades. As línguas naturais, no entanto, são maravilhosas justamente pelo contrário. Tenho saudades do "ó". Ninguém mais se atreve a pronunciá-lo. Revela a idade. O "ó" está tão desgraçado quanto o ponto e vírgula. Só usa ponto e vírgula, salvo em enumerações mais longas, quem tem mais de cem anos. Quando começou a decadência do ponto e vírgula? E do conosco? Não defendo o "com nós". Noto que o conosco foi substituído pelo "com a gente". Quando surgiu o gerúndio de telemarketing (vamos estar transferindo a sua ligação)? Com o telemarketing? Por que o futuro do presente sofre bullying? Pouca gente aceita dizer "eu farei". Quase todos preferem "eu vou fazer". Tenho acompanhado a agonia do pronome reflexivo. Cada vez se diz menos "ele se machucou". Virou "ele machucou", "ele aposentou". Por um lado, procura-se economizar. Dizer mais com menos. Por outro lado, diz-se menos com mais: vou estar enviando seu relatório (enviarei). Uau!

Lembro-me de um tempo em que se dizia "farei uma observação" ou até "observarei". Hoje, ninguém mais faz observações. Todo mundo faz colocações. Recuso. Ninguém vai me colocar coisa alguma. Atenção: não reclamo, não condeno, não julgo. Constato. Agora, enfim, a pergunta que mais me angustia: por que, mesmo no Rio Grande do Sul, jogador de futebol jovem é "garoto"? Mistério total.

Fases da vida

Sabemos que a vida é cheia de problemas. O primeiro grande problema é sobreviver. O homem precisa quase trabalhar duramente para ganhar a vida. Não lhe sobra muito tempo para ter outros problemas existenciais.

Vencida essa etapa, começa um segundo problema: o que fazer da vida? O ser humano é propenso ao tédio. Existem várias maneiras de preencher o tempo livre originado da vida ganha. Uma dessas maneiras é trabalhar sem parar. Ao contrário do que diz o senso comum, o problema das sociedades atuais não é a falta de tempo, mas o excesso de tempo livre. Trabalhar muito pode produzir a sensação de importância e ocupar a cabeça. O maior mal que pode assolar a humanidade é a falta de terapia ocupacional. Outra maneira de superar esse vazio é entrar na política. Alguns, no entanto, viram fãs. De quê? De um clube de futebol, de um artista, de algo.

Outros, mais controlados, vão pescar. O homem que já está com o burro razoavelmente amarrado na sombra não sobrevive sem um hobby. O principal hobby do homem de meia-idade é o trabalho. Depois que o homem já garantiu a sobrevivência e arranjou um hobby (alguns arranjam amantes para passar o tempo ou ter a sensação de importância), surge um terceiro problema: para que serve a vida? É um problema metafísico. Muitos já o tinham resolvido na primeira etapa, quando encontraram na religião força para continuar lutando.

Outros, no entanto, só se preocupam com aspectos transcendentais quando as questões terrenas estão bem encaminhadas.

Aí vem a última etapa: depois que a sobrevivência está garantida, têm-se um hobby e uma razão superior para existir, surgem, não necessariamente juntos, outros dois problemas, a aposentadoria e a doença. Poucos estão preparados para a aposentadoria. Afinal, ela pode representar o fim do hobby e, com a diminuição do poder aquisitivo, reinstalar o problema da sobrevivência. Sugestão gratuita: nunca faça do trabalho o seu principal hobby. A doença é uma loteria. Vou explicar. Funciona assim: cada um de nós será sorteado com uma doença, aquela que nos levará desta para a melhor ou pior. Durante muito tempo, não pensamos nisso. Um dia, sai o sorteio. A nossa doença está definida. É viver com ela.

Visão pessimista? Não. Realista. A ciência ajuda cada vez mais a antecipar o sorteio. Mas não pode dar o resultado exato antes do tempo. Alguns, estranhamente, encontram na doença (ou na luta contra ela), uma nova razão de viver. Tudo é bom para enfrentar o tédio. Homens, como eu, que não têm uma caixa de ferramentas estão mais expostos aos males do tempo livre. Dia desses, um senhor, que veio fazer um reparo em alguma coisa na minha casa, me perguntou meio constrangido, meio sacana:

– Onde é que a sua mulher guarda a caixa de ferramentas?

Conclusão: o homem é uma eterna criança. Se não tiver um brinquedo que lhe ocupe o tempo, enlouquece. O esporte cumpre esse papel. A política também.

Certamente foi o que explicou a decisão de Henrique Meirelles de trocar os altos ganhos dos bancos privados pelos parcos vencimentos do Banco Central. Jogue e deixe jogar.

Desabafo de homem

Nada mais chato do que desabafo? Mas é instrutivo. Acompanhei esta conversa num lotação sem assalto:

– Perdi minha mulher.
– Ih! Quando foi isso?
– Agorinha.
– Puxa. É recente.
– Demais.
– Como foi?
– Muito rápido.
– De que morreu?
– Não morreu.
– Não?
– Não. Antes fosse.
– Queria que ela tivesse morrido?
– Teria sido melhor.
– Ai, meu Deus! Vira essa boca pra lá.
– Ué! Nunca quis que a sua mulher morresse?
– Não, claro que não.
– Então você não a ama de verdade.
– E você?
– Que tem eu?
– Você deu a entender que ela tinha morrido.
– Falei que perdi minha mulher.
– Então?
– Então o quê?
– Não fica parecendo que ela morreu?

— Antes fosse, já disse.

— Foi embora com outro?

— Como assim? Está sabendo de alguma coisa?

— Eu não. Mas...

— Suspeita da Sônia? Acha que ela seria capaz?

— Eu não suspeito de ninguém. Você falou que perdeu sua mulher. Eu achei que ela tinha morrido. Aí você disse...

— Você é sempre tão explicado assim? Fica sempre botando minhocas na cabeça dos amigos? Isso é maledicência, hein?

— Maledicente, eu? Então sua mulher não se foi com outro?

— Se tivesse ido, estaria morta para mim.

— Perdeu sua mulher num shopping então?

— Você sempre pensa mal da mulher dos outros?

— Eu não penso na mulher dos outros.

— Ah, conta outra. Todo mundo pensa.

— Então você pensa na minha mulher?

— Também não exagera, Pedrão. Aí não dá.

— Como não dá? Que história é essa, meu? Está dizendo que não vale a pena pensar na minha mulher?

— Não, não é bem isso, mas...

— Mas...

— Não vale a pena pensar numa gostosona daquelas.

— Então é isso que você pensa da minha mulher?

— Pô, acabei de dizer o contrário.

— Está tentando me confundir?

— Pó, assim não dá: se eu penso na sua mulher você se aborrece. Se eu não penso, você se aborrece também.

— Com mulher é assim.

— Assim como?

— Legal é quando todo mundo quer a mulher da gente. Dá um baita orgulho. Vai dizer que você nunca sentiu isso?

— Ficou louco?

— Fico louco de raiva quando sinto que todo mundo deseja a minha mulher. Está aí uma coisa que eu não aturo.

— Você acabou de dizer o contrário.

— Pois é!

— Como "pois é"?

— É bom quando é ruim.

— Que coisa!

— Você deseja a minha mulher.

— Que é isso, cara?

— Ah, vai dizer que não vale a pena desejar a Sônia?

— Deu, cara.

— Você conhece alguém que não deseja a Sônia?

— Não conheço o mundo todo.

— Mas conhece todo mundo. Quer dizer, todo mundo que a minha mulher conhece, não é? Conhece o João, o Paulo...

— Não conheço a sua mulher, cara.

— Como não conhece?

— Conheço assim, de passagem. Não conheço como era conhecer na Bíblia. Fulano conheceu beltrana. Era crã.

— Mas queria ou não conhecê-la assim?

— Não a conheço e não vou conhecer. Chega.

— Também não conheço mais a Sônia. Eu a perdi.

— Por quê?

— Ela me achava, eu e meus amigos, meio complicado.

Amor eterno

Dia dos namorados, dia de dar o melhor que se tem. Mas o que é o melhor? O que cada um tem de melhor para oferecer? O dia dos namorados é o dia da verdade. Quem tenta enganar está enganado. Engana a si mesmo. Há um tempo em que dar flores é o máximo. É o tipo de presente que agrada sempre. Como não gostar de receber orquídeas? Como não se derreter diante de um buquê de rosas? Como não amar um ponto de luz? Justamente, noutra fase, mais madura, dar joias é imbatível. Custa caro, mas o efeito positivo é garantido. Há, porém, algo que nunca pode sair de moda: dar amor. Como se manifesta esse dar amor?

Dar amor pode ser, por exemplo, dar uma noite de sexo selvagem, naquele ritmo de Roberto Carlos, o melô da disparada, "vou cavalgar a noite inteira, agarrado aos teus cabelos". Há quem prefira isso num motel. Outros acham que é muito mais delicioso e autêntico em casa. Cada um com seus fetiches. Há quem curta algemas, chicotinhos, cinta-liga, camisinhas de morango e outros instrumentos, tecidos e aparatos do gênero. Há quem, mais incuravelmente romântico, prefira declarações suaves, juras delicadas, poemas de Vinícius, jantar à luz de velas e fundo musical do Rei, detalhes tão pequenos, mesmo com português ruim, lembranças gigantescas. Eu já dei flores, joias, sexo selvagem, juras e muita poesia.

Sei que, neste mundo materialista, consumista e venal, há quem tenha preconceito com o espiritual. Tem gente que só se convence com objetos, especialmente os caros. Neste dia dos namorados, contudo, estou aqui para defender o contrário: o amor sem preço, sem tempo, sem fim. Ouvi dizer que um casal de tartarugas se separou depois de 115 anos de casamento. Dar amor é ir além desse amor de tartarugas. Amor eterno. Eu acredito em amor para sempre. O amor é uma metamorfose permanente. Muda sempre para nunca acabar. Quem ama faz mais do que levar café na cama. Faz a cama se transformar num palco. Não um palco de performances exibicionistas cotidianas, que ninguém é super-herói, mas um palco de dois protagonistas sinceros, no qual nenhum dos atores jamais se torna coadjuvante.

Amar é buscar uma nova definição para o amor a cada dia. Amar é não se ter vergonha de ser brega. Amar é não ter constrangimento de dizer eu te amo com velhas entonações acreditando ter encontrado a mais original de todas. Amar é ter coragem de dizer eu te amo de boca cheia. Amar é, depois de 25 anos de casamento, fazer coraçãozinho no vidro embaçado pelo frio ou pela chuva. Amar é dedicar o gol de sábado à tarde, diante de uma torcida imaginária, ao amor da sua vida. Amar é muito mais do que ir ao shopping comprar presente. É acordar no meio da noite para perguntar aflito: tu ainda me amas?

Amar é um trabalho, uma labuta, uma utopia, um dia que dura o ano inteiro. Amar é mostrar que o dia dos namorados vai muito além de uma operação comercial. No dia dos namorados, dê o melhor ao seu amor: dê uma noite de sexo ou de ternura incomparáveis. Seja brega sem o menor constrangimento. Sussurre apelidos de alcova. Abra um vinho e comemore o desabrochar de um novo tempo eterno.

Frases e pensadores

Diga-me quem citas e eu te direi qual a tua idade. Nem precisa dizer, basta citar. Tem uma turma que cita Millôr Fernandes até para justificar a ida ao banheiro depois do terceiro chopinho. É um pessoal acima dos 70, mas que vive de olho nos 60, quando, resistentes e radicais, só iam fazer xixi depois da vigésima cerveja. Fixados em 68, já abandonaram 69, embora tentem pegar no bicho apostando, de raiva, no 64. Há uma turma acadêmica que só cita Nietzsche. O bom de Nietzsche, para quem não o frequenta, é que parece um dicionário de citações. Tem tudo e para todos os gostos. Serve para os anarquistas e para os inimigos dos anarquistas. Tem nazista fã de Nietzsche e tem, obviamente, antinazista. Uma salada.

Nietzsche certamente faria um baita sucesso no twitter, rede social de 140 caracteres por mensagem. Nietzsche ateu: "Não posso acreditar num Deus que quer ser louvado o tempo todo" (67 caracteres de heresia). Nietzsche para cronistas em 120 toques: "A vantagem de ter péssima memória é divertir-se muitas vezes com as mesmas coisas boas como se fosse a primeira vez". Nietzsche de autoajuda e pensamento positivo: "O que não provoca minha morte faz com que eu fique mais forte". Nietzsche para românticos e grávidas precoces: "Aquilo que se faz por amor está sempre além do bem e do mal". Nietzsche para mensaleiros desesperados: "Não há fatos eternos, como não há verdades absolutas". Nietzsche para machistas e caçadores de calcinhas: "As mulheres podem tornar-se facilmente amigas de um homem; mas, para manter essa amizade, torna-se indispensável o concurso de uma pequena antipatia física". Nietzsche para leitores de Paulo Coelho: "Quanto mais nos elevamos, menores parecemos aos olhos daqueles que não sabem voar". Nietzsche para tatuagens: "Torna-te aquilo que és".

Nada lhe escapa. Nietzsche para cínicos depois de 40 anos de casamento: "O amor é o estado no qual os homens têm mais probabilidades de ver as coisas tal como elas não são". Nietzsche para quem gosta de complexidade simples: "Há sempre alguma loucura no amor. Mas há sempre um pouco de razão na loucura". Para cornos: "Fiquei magoado, não por me teres mentido, mas por não poder voltar a acreditar-te". Para militantes: "As convicções são inimigas mais perigosas da verdade do que as mentiras". Para quem tem medo de mulher na chefia: "Na vingança e no amor a mulher é mais bárbara do que o homem". Para arrivistas e montanhistas: "A vida vai ficando cada vez mais dura perto do topo". Para quem se comprometeu com o Cachoeira: "É mais fácil lidar com uma má consciência do que com uma má reputação". Para quem tem uma camionetona do ano e um cartão de crédito sem limites: "O verdadeiro homem quer duas coisas: perigo e jogo. Por isso quer a mulher: o jogo mais perigoso".

Para quem sofre de vertigem: "E se tu olhares, durante muito tempo, para um abismo, o abismo também olha para dentro de ti". Para DJs: "Sem a música, a vida seria um erro". Tudo isso na internet. Nietzsche já era. Temos agora uma pensadora. Preta Gil. Nietzsche não chegou a esta pérola: "Tenho celulite, mas tenho caráter". A pau.

Medidas iranianas

Comecei a simpatizar com o Irã. A turma do Ahmadinejad resolveu proibir unha comprida. Fez muito bem. Eu detesto unha comprida, especialmente aquela do dedo minguinho de cobrador de ônibus. Proibiu também piercing na língua e joia nos dentes. Agiu bem. No Brasil, está cada vez mais perigoso beijar. Pode-se engolir uma bolinha de metal. Tem quem coloque piercing no clitóris. Arranha. Pode ser terrível até para a língua. Tenho um amigo que quebrou um dente dessa maneira. Homem de cabelo tingido também não pode. Que alívio. É insuportável ver tanto marmanjo moreno de cabelo louro ou azul espetado. Sobrou até para as tatuagens. Bela medida. É uma grandeza o que tem de gente exibindo enormes tatuagens bregas por aí. Tatuagem de dragão deveria ser proibida no mundo inteiro como atentado à estética global. Transformar braço em tela de serigrafia também.

Só não gostei da decisão do Irã de censurar os livros do Paulo Coelho. Compreendo que depois de 6 milhões de exemplares vendidos fosse necessário tomar alguma medida para evitar que a poluição continuasse a se espalhar. Entendo que o presidente iraniano lamente não ter sido avisado por seu amigo Lula da ruindade das obras. Admito que para um iraniano culto deve ser insuportável ver histórias exuberantes da antiga Pérsia transformadas em mensagens de autoajuda barata. Percebo que para o Irã os livros de Paulo Coelho poderiam converter-se num problema tão sério quanto os dejetos nucleares, que ninguém sabe onde colocar com segurança, restando tentar comprar espaço nalgum lixão do Terceiro Mundo. Vejo que o Irã quer evitar uma metástase. A proliferação de livros de Paulo Coelho deveria ser tratada no mundo todo como questão de segurança nacional, internacional, global, como um vírus sem fronteiras.

Alerto que de nada adianta proibir Paulo Coelho como medida profilática se não proibir também Dan Brown e, especialmente, Harry Potter, o grande formador de leitores de Paulo Coelho e Dan Brown, e toda essa parafernália sobre vampiros, lobisomens e Ronaldinho Gaúcho. Enfim, dito tudo isso, reafirmo minha oposição à censura. Ainda mais que ela só beneficiará o falso mago, que já está se vendo como um Salman Rushdie retardatário ou um Michel Houellebecq sem ironia, um perseguido pelo obscurantismo islâmico. A decisão dos "aiatolados" produzirá certamente um efeito perverso, nefasto, incontrolável: a disseminação radical de obras de Paulo Coelho como objetos proibidos, o que sempre aguça o desejo e dá legitimidade ao censurado. Paulo Coelho está rindo sozinho. É o melhor marketing do mundo. Gratuito.

Tomara que o Irã tome outras medidas de bom gosto. Por exemplo, proibir, sob pena de prisão imediata, sem direito à fiança nem progressão de regime, o uso por homens de rabo de cavalo e, o que é pior, rabo de cavalo e gel ao mesmo tempo. Sei que escapa da alçada iraniana, mas seria interessante proibir jogador de futebol de usar cabelo moicano e correntão de ouro. O Irã poderia ser a última barreira ao mau gosto ocidental. Passou a ser, porém, garoto-propaganda do esoterismo brasileiro. As potências ocidentais nada fazem para impedir. São cúmplices na disseminação dos dejetos do mago. O horror!

História da traição

O projeto era este mesmo: uma História Universal da Traição escrita a quatro mãos. Seria um sucesso de público e de crítica, o livro do ano, do século, uma obra-prima. Talvez precisassem escrever vários volumes. A matéria-prima disponível era farta, intemporal e cruel.

– Sempre tem um traidor.

– E um delator.

– Quem trai é crápula.

– O delator é sempre um filho da mãe.

Exemplos não faltavam. Começavam sempre com Judas. Havia uma discussão longa sobre se deveriam considerar o pecado original como a primeira grande traição humana.

– Nesse caso quem seria o delator?

– É, melhor deixar de lado.

Chegava sempre o momento em que apareciam nomes de conquistadores espanhóis da América, Francisco Pizarro e Diego de Almagro em primeiro lugar. Eles traíram os incas várias vezes. Traíram quando Atahualpa propôs pagar a sua libertação com o quarto onde estava preso abarrotado de ouro. Os espanhóis aceitaram e receberam o quinhão. Mas não o soltaram. Condenaram-no a ser queimado vivo em praça pública. A acusação era fútil e sem prova cabal.

– Ao menos, abrandaram a pena para morte pelo garrote.

– Sem dúvida, restava um pouco de humanidade neles.

Pizarro e Almagro entraram em guerra pelo controle da cidade de Cuzco. O irmão de Pizarro mandou executar Almagro sem dó nem piedade. Francisco Pizarro foi morto no palácio, em Lima, numa vingança dos homens de Almagro.

– Quem foram os delatores aí?

– Precisamos pesquisar mais, mas uma coisa é certa: esses espanhóis eram uns safados sem tamanho. Agora, todo delator, todo cara que entrega, é um baita filho da mãe.

– É.

– Isso aconteceu com o imperador.

– Atahualpa?

– Não, o Adriano.

– O romano?

– Não, o jogador do Flamengo.

– Ah!

– A mulher que se deu o tiro, lembra?, parece que faz um século, um milênio, foi desmentida pelas outras todas.

– Pera aí, isso não é delação. É dizer a verdade.

– É sim, comigo é, entregou, entregou. Tudo igual.

O debate pegava fogo quando se tratava da Capitu. Cada um tinha argumentos poderosos. Planejava-se um capítulo, depois um volume exclusivo, a prova da prova.

– Não traiu.

– Claro que traiu.

– Não traiu. E não teve delator.

– Pode não ter tido, mas todo delator é um filho da mãe.

– A Otávia traiu o Marcão no carnaval.

– Que Otávia?
– A Otávia do Marcão, ora.
– Pera aí, tá falando de mim?
– Não, da Otávia.

Que mundo é este?

O poeta Romano perguntou mineiramente: que país é este?
Eu sou obrigado agora a generalizar: que mundo é este?

Sai no *Jornal Nacional* quando homem mata um cão,
Mas, quando um cachorro mata uma criança, não.

Cachorro matar criança é um triste acidente,
Culpa do dono, do adestrador, do escambau,
Do pai que não controlou o seu filho,
Da mãe que foi desatenta ou negligente.

Até da criança que invadiu o território do bicho,
Obrigando-o, apesar de sempre tão bom e dócil,
A comportar-se como mandam os seus instintos,
Sem poder, por ser bicho, exclamar: sinto!

Que mundo é este em que crianças não podem correr
Pelas calçadas, pátios, parques, jardins, escola,
Livres, desavisadas, destemidas, atrás de uma bola,
Pois o vizinho tem o direito de possuir um pitbull?

Que mundo é este?
Pior ou melhor?

Muito melhor: há mais amor pelos animais.
Muito pior: há desprezo pelos humanos.
"Melhor um cão do que certos homens."

Antes se dizia assim: notícia é homem morder cão.
Está confirmado: notícia é homem matar cachorro.
Que mundo é este, meu Deus, aceito ou corro?
Concedo, contesto, acato ou peço socorro?

Que mundo é este, minha gente
Em que tudo virou equivalente,
Cachorro, criança e abacate?

A mulher sustenta: cada um com seus sentimentos.
Uns gostam de crianças, outros gostam de cães.
As crianças podem ser barulhentas e chatas,
Os cães podem ser dóceis amigos pulguentos.

Que mundo é este?
Em que pessoas recolhem cocô de cachorro nas ruas
E passam, inclusive eu, alheias, indiferentes,
A humanos que chafurdam nas próprias fezes!

Vem um e provoca: quer pra ti? Leva pra tua casa.
Vem outro e ataca: melhor um cão que um lixo assim.
Vem mais um e filosofa: isso nunca mais terá fim.

Que mundo é este?
Em que os homens apodrecem nessas prisões lotadas
Senhoras passeiam com cachorros em carrinhos de criança
E a gata estonteante beija o seu belo pitbull na boca?

Será o mundo hipermoderno, o mundo do ão?
Camionetão, cachorrão, cervejão e cartão?

Sem dúvida é um mundo muito mais sensível
Não se aceita com toda razão
que o guarda assassine o cão.

Estudantes vão às ruas contra o preconceito,
O animal, enfim, passa a ter status de sujeito.

Mas, contra o especismo, termo inventado pelos humanos,
Parece erguer-se contra homens um sentimental banal.
Será porque não se pode adestrar esse bicho sem igual?

Que mundo é este em que para amar mais os animais
É preciso amar menos esses seres brutais, os humanos?
Salvo se por trás desse crescente amor pelos bichos
Esteja justamente o ascendente desamor pelos manos!

É um mundo novo, o homem caiu do trono
Já não é mais o centro do universo.
Será esse imenso amor pelos bichos uma evolução,
O sinal de uma nova e bela era de compreensão?

Ou, tristemente, o incontido sintoma,
A ponta aparente e fria de um perigoso drama?

O drama do egoísmo convertido em altruísmo,
Do bicho sujeito tratado como objeto de luxo,
Aquele que eu beijo, arrumo, adoto e puxo?

Que mundo é este em que se tornou preconceito,
Estupidez, imbecilidade, ignorância,
Perguntar: por que ter um pitbull?

Que mundo é este em que a infância
Deve ser tolhida pelo capricho do adulto
Que deseja ter um cão sem receber insulto?

Achar que uma raça pode ser mais agressiva
Agora é visto como uma idiotice ofensiva.
Será o legislador da província de Ontário,
Que proíbe pitbull, ignorante e otário?

Que mundo é este?
Como disse o outro: por que não um leão?
Exagero, caricatura, ironia espúria.

Que mundo é este em que aquele que chora a morte do bicho
Silencia quando quem morre esse outro bicho, o menino?
Por que não se revolta contra os responsáveis?
Por que não se manifesta contra esse enfadonho destino?

Que mundo é este?
Será o mundo cão?
Ou apenas o mundo pet?

Ou o mundo da poesia abaixo do rabo do cachorro?

Dois polímatas

Teve uma discussão entre os dois. Não me lembro mais onde foi. Alguém relembrou isso recentemente. É um assunto que assusta leitores, especialmente aqueles que consideram insípido falar de intelectuais, de ideias, de teorias e de tudo o que requer uso do cérebro como algo mais do que uma gosma nojenta. O chato acha chato tudo o que vai além da sua chatice intelectualmente limitada. Umberto, com aquele seu jeito italiano de ser, lascou:

– Quero ser polímata.

A plateia ficou embasbacada. Teve gente que se arrepiou. Aí está. Ser polímata pode ser muito interessante. Todo jornalista, de certa maneira, é polímata, especialmente os bons. Dá muito trabalho ser polímata. O polímata utiliza o cérebro em alta voltagem. Sabe-se que a humanidade não usa mais de dez por cento da sua capacidade cerebral, sendo que boa parte não vai além de dois por cento, especialmente os que bebem mais de dez cervejas por dia. Numa conversa de bar aconteceu isto:

– Quero ser polímata – disse um cara de óculos redondos.

– Eu, hein! – exclamou um careca sentado à frente dele.

– Você não quer ser polímata?

– Tá me estranhando, Julinho? Sou espada.

– Você não quer ser jornalista?

– Estou estudando para isso.

– Todo bom jornalista é polímata.

– Opa! Não sabia disso.

– É melhor assumir.

– Deve ter muito polímata, então, que não sai do armário.

– Pior, muito pior, velho – disse enigmaticamente o tal Julinho – são os que não se tornam polímatas por nunca se aproximarem dos armários. Quer dizer, das estantes.

O papo de Susan e Umberto foi menos sexual. Umberto não arredou pé da sua pretensão de ser polímata. Foi aí que Susan, esbanjando cultura, deu a sua definição:

– Polímata é alguém que se interessa por tudo e por nada.

Umberto teria respondido:

– O inimigo do polímata conhece quase tudo de nada.

Umberto Eco e Susan Sontag são polímatas, indivíduos que aprenderam muito e não se restringem a uma área de conhecimento. Na esfera pública, que vai do bar aos parlamentos, o perigo é o especialista. Todo cidadão é, até certo ponto, polímata. Ou deveria ser. Tem direito a opinar sobre tudo que diz respeito ao seu mundo. Com polímatas só vale o melhor argumento. O resto é discurso de autoridade, o popular, universal e vulgar carteiraço.

– Mas, cá entre nós, na manha do ganso, na boa, dá para ser espada e polímata ao mesmo tempo, Julinho?

– Não precisa. Cada polímata com sua inclinação sexual.

– Qual a origem da palavra polímata?

– Vem do grego.

– Ai, ai...

– Os gregos eram polímatas, velho.
– Sei, sei, com seus efebos.
– Relaxa e goza, velho. Ser polímata é um orgasmo.

Velha prática

Parece mentira, mas coisas muito antigas continuam acontecendo. Velhas práticas permanecem em voga. Parece que tudo se repete. Salvo os títulos brasileiros do Internacional. Um amigo meu flagrou o filho adolescente, na casa da praia, saindo do banheiro, depois de uma temporada quase do tamanho do verão, com uma revista de mulher pelada. O guri estava branco. A reação do pai foi o que ainda se costuma chamar de uma atitude exemplar:

– Dá aqui essa revista.
– Não dou.
– O que estava fazendo com ela no banheiro?
– Estava lendo as entrevistas.
– Não tenta me enganar que eu conheço bem isso.
– Você também lia as entrevistas, pai?
– Olha o respeito comigo, guri.
– Tem o ranking das faculdades.
– Ah, agora você se interessa por faculdade?
– Preciso escolher o meu curso, né? Está chegando a hora do vestibular. Vi que tem umas coisas bacanas por aí.
– Deixa eu ver.
– O ranking?
– Olha o respeito, estou dizendo. Só quero ver a capa.
– Só a capa, é? Eu mostro quando a mãe voltar.
– De jeito nenhum. Está proibido de fazer isso.

Depois de uma breve e renhida batalha pelo controle da publicação, o pai, adepto de métodos modernos de educação, defensor, por exemplo, da lei que pune a palmada, tenta a saída compreensiva e complexa pelo diálogo. Afinal, haviam feito maio de 1968 para quê?

– Que coisa! Estou de cara, perplexo. Eu pensava que para a sua geração o papel já tinha acabado, meu filho.

– Tá aí! Você não me criticava por só ficar na internet?

– É, pensando bem, tem um lado bom nisso. Quem sabe a revista não desperta você para os livros, já que José de Alencar e Joaquim Manoel de Macedo não conseguiram?

– Pô, pai, na boa, a Moreninha não dá tesão em ninguém.

– Que é isso? Isso não é linguagem para se falar de literatura. Os clássicos devem ser lidos. Mas, tudo bem, precisamos estar abertos aos novos tempos e costumes.

O filho sorri. Gosta da ideia. Já pensa, com certeza, numa coleção, mais do que isso, numa biblioteca só de revistas de mulher pelada. Imagina-se detentor de uma imensa cultura, universal, intemporal, histórica. O pai, percebendo o momento importante na vida do filho, orgulhoso do ritual de passagem, de iniciação à vida adulta, além certamente de saudoso da sua juventude transviada nos banheiros da família, amacia, torna-se cúmplice, amigo, companheiro, parceirão e abraça o guri.

– Só a capa, vai, deixa o pai ver.

Pai repaginado

É sabido que pai perde, aos poucos, a capacidade regenerativa também conhecida como habilidade de perceber as tendências e mudar de visual. Ainda mais se estiver separado e sem perspectivas de desencalhe. Aí a filha fashion, que estuda moda e design, resolve repaginar o cara para o verão e para uma possível retomada do jogo. Se o cara não ficar como o Dunga, pode até matar a pau.

– Paizinho, por que não faz um corte bacana?
– Corte de quê?
– Do cabelo, pai. De que seria?
– Da tua mesada.
– Vai, pai, deixa de ser turrão, tem um salão irado ali perto da Padre Chagas. Eu até posso marcar uma hora.
– Não vou a lugar em que se tenha de marcar hora para cortar cabelo. Tenho muito mais o que fazer na vida.
– Mas é um lugar especial, pai.
– Já fui no Lima.
– Mas o Lima é uma barbearia, pai.
– É isso que me agrada.
– Ele corta sempre do mesmo jeito.
– Por isso mesmo que eu volto lá.

A filha prepara um novo ataque. Estuda o ângulo de ação. Prepara um golpe ousado, perigoso, mortal mesmo.

– Pai, tu ainda *é* um gato. Só precisa dar um up no visu.

– Que história é essa, guria? Me respeita. Fala português comigo, que te botei no Anchieta para falar como gente.

– *Tá* bom, pai, vai no salão que eu uso até mesóclise. Mas te arruma que, gato desse jeito, não tem pra ninguém.

– De onde tirou isso?

– Foi a Nina quem falou.

– Que Nina é essa?

– A minha colega, pai.

– Aquela que tem um piercing horrível na língua, outro no nariz, um no queixo, outro na testa e sei lá mais onde?

– Ela mesma.

– Parece que saiu de uma festa de Halloween.

Novo silêncio. Nova estratégia. Mais cultural.

– Pai, o pessoal do salão ali de perto da Padre Chagas fala coisas incríveis com os clientes, cinema, arte...

– Detesto que falem comigo quando corto o cabelo.

– Eles fazem cortes maneiros, mas perguntam como cada um quer. Não saem assim fazendo o que dá na cabeça deles.

– Tudo o que eu mais odeio na vida é que me perguntem como quero o meu corte de cabelo. Me dá vontade de matar.

– Uma ampola cairia bem no teu cabelo, pai.

– Ampola. Não estou doente. Ampola comigo é injeção.

A moça é persistente. Depois de uma retirada estratégica, volta à carga com um argumento definitivo:

– Em Torres assim não dá, pai. Vai ser um baita mico.

– Já tomei minhas providências, filha. Comprei uma camisa fragata de rebentar. É o que eu posso fazer.
– Pai, só tem uma coisa: não é fragata...
– É o que então?
– Regata.

Pais e filhos

Ir com o pai à praia é coisa que muitos filhos não querem nem pensar. Temem pagar mico. Acontece o tal choque de gerações, que se dá quando gerações se distanciam tanto que nem se tocam mais. Não estou falando de ir à praia com pai de mais de 80 anos, que aí já é ou deveria ser avô, mas de uma ida à areia entre filho de 20 anos e pai de 50. O problema já começa na saída de casa.

– Pô, velho, põe uma bermuda maneira!

– Ué! Que que tem de errado com o meu calção?

– Justamente isso.

– Isso o quê?

– É um calção.

– E daí?

– Daí que calção é coisa de velho.

– Eu gosto, ora. O Inter do Falcão usava calção assim.

– Pô, velho, de novo, esse papo de Falcão, Carpegiani, Valdomiro, Dario e Lula. Agora é Messi e Neymar.

– Você reclama, mas conhece a escalação de cor.

– De tanto te ouvir falar desse time dos sonhos, dessa máquina fantástica que nunca ganhou nada fora do país.

– Pô, filho, não apela. Respeita o teu pai, vai.

A briga continua quando os dois já se encontram instalados. O pai quer sombra, cadeira, leitura e caipirinha. O filho quer sol. Fica em pé, ou sentado na areia, olha com desdém para os livros e tem outros planos para tirar uma onda. Aí passa uma gata maravilhosa:

– Que deusa! – exclama o pai – com essa tanga.

– Pô, velho, que papo é esse de tanga?

– Ué, se aquilo não é tanga, é o quê?

– Já ouviu falar em biquíni?

– Eu me lembro...

– Ah, não velho, para com isso, não vai começar de novo com essa história de lembranças, dá um tempo, vai...

– Eu me lembro da Vera Fischer no auge, esbanjando saúde, usando uma tanguinha assim, de levantar até morto.

– Pô, velho, pega leve, quem é essa Vera Fischer?

– Ai, meu filho, não me envergonha. A Vera Fischer foi a nossa musa, um escândalo de mulher, a nossa Bardot.

– Nossa quem?

– Brigitte Bardot, saca, filho? A mulher mais linda do mundo, um arraso em *E Deus criou a mulher*, do Vadim.

– Mais linda que a Fê?

– Deus do céu, filho, não brinca com uma coisa dessas. A Bardot era extraterrestre de tão linda, um avião, saca?

– Que troço é esse de avião e de saca, velho?

– Você não saca a palavra saca, filho?

– Não. Nem avião. Na boa, não saco nem ensaco.

– Eu é que não estou sacando, filho. Acho já que estou meio purfa. Como é, então, que vocês dizem saca e avião?

– Avião a gente diz avião, velho, quando tem asa e voa. Saca, sei lá. Agora, conta aí, velho, vai, pelo amor de Deus, de onde saiu esse, como é mesmo, esse purfa?

O pai está quase enfartando. Chega o avô. Olha a gata, a deusa de tanga, e, num arroubo, deixa escapar:
– Que pequena!
– Pequena?
– Potranca!

O celular e a poesia

O jornal *The New York Times* perguntou, outro dia, se um celular ainda é um telefone. Eu uso o meu frequentemente para falar. Mas esse não é o meu uso prioritário. Um celular é um computador de bolso. Uma biblioteca de bolso. Uso preferencialmente o meu celular para ler poesia. É o que faço no ônibus e no lotação. Poemas são perfeitos para telas de iphone. Tarde dessas, no trajeto do centro para a PUC, fiquei com saudades dos meus primeiros anos em Porto Alegre, quando lia Jean-Arthur Rimbaud, Carlos Drummond de Andrade e Vinicius de Moraes. Eu tinha 18 anos de idade. Chegava a ser indecente. Acreditava em tudo. Nada temia. Por alguma razão misteriosa, gostava de poemas tristes. Na época, mandei emoldurar "Elegia", de Drummond, e "O haver", de Vinicius. Achava que me definiam perfeitamente. Agora, sempre que desejo, releio-os na moldura do meu celular.

Chorava nesta parte de "O haver": "Resta esse coração queimando como um círio/Numa catedral em ruínas, essa tristeza/Diante do cotidiano; ou essa súbita alegria/Ao ouvir passos na noite que se perdem sem história".

Ainda sinto, volta e meia, essa "tristeza diante do cotidiano". Mas é uma tristeza boa, algo a ver com outra poesia, a letra de "Gente humilde". Via-me inteiramente nestes versos: "Resta esse sentimento de infância subitamente desentranhado/De pequenos absurdos, essa capacidade/De rir à toa, esse ridículo desejo de ser útil/E essa coragem para comprometer-se sem necessidade". Exultava com o final: "Resta esse constante esforço para caminhar dentro do labirinto/Esse eterno levantar-se depois de cada queda/Essa busca de equilíbrio no fio da navalha/Essa terrível coragem diante do grande medo, e esse medo/Infantil de ter pequenas coragens". Genial.

Aí vinha Drummond e complementava: "Caminhas entre mortos e com eles conversas sobre coisas do tempo futuro e negócios do espírito./A literatura estragou tuas melhores horas de amor./Ao telefone perdeste muito, muitíssimo tempo de semear./Coração orgulhoso, tens pressa de confessar tua derrota e adiar para outro século a felicidade coletiva./Aceitas a chuva, a guerra, o desemprego e a injusta distribuição/porque não podes, sozinho, dinamitar a ilha de Manhattan". Eu achava que podia. A minha certeza vinha da leitura do "Bateau ivre", de Rimbaud, que revolucionara a poesia com menos de 20 anos de idade e se fora traficar armas na África: "Como eu descia pelos rios impassíveis,/senti-me libertar de meus rebocadores./Tomaram-nos por alvo os índios irascíveis/e pregaram-nos nus aos postes multicores".

A poesia era libertação: "Já não me preocupava a carga que eu trazia,/fosse o trigo flamengo ou o algodão inglês./Quando dos homens se acabou a gritaria,/pelos rios voguei, liberto de uma vez./Ante o irado ranger das marés, me lancei,/mais surdo que infantis cabeças, no outro inverno,/fugindo! E para trás penínsulas deixei/que jamais viram tão glorioso desgoverno". Hoje, saco meu celular do bolso e me farto de poesia a bordo de ronronantes transportes coletivos que deslizam, enquanto sonho e viajo, pela Osvaldo Aranha ou pela Ipiranga.

Temo virar traficante de armas na África.

Ajuda gratuita

Um cronista deve prestar serviços ao leitor. É sua obrigação praticar um pouco de autoajuda. Eu faço isso. Sempre tento me ajudar. Há quem se irrite quando eu escrevo "eu". Quer dizer, quando escrevo sobre mim. Que falta de sensibilidade. Além de ser o assunto que mais domino, tendo me tornado um especialista em mim, sei, desde que li o poeta Jean-Arthur Rimbaud, que o eu é um outro. Vejo isso todos os dias: quando me olho no espelho, não me reconheço. Quase sempre me acho melhor no espelho. Eu sou muitos. Sou cada leitor. Como se sabe, só pode ser universal quem fala da sua aldeia. Falo de mim. Mas não deixo de dar conselhos para o meu público sedento da minha proverbial sabedoria. Já dei dicas consideradas decisivas para a humanidade: tome água todos os dias (e banho), não faça xixi na tampa do vaso (ou limpe). Tenha um passatempo. Não aposte tudo no trabalho. Em todo caso, quando estiver trabalhando, tente se divertir bastante.

Todo ser humano precisa de passatempo. O passatempo também é conhecido por hobby. Assim como encontro para um trago no final da tarde é happy hour. Um passatempo é um ritual, algo que se repete regularmente e que tem regras, alguma pompa e, de preferência, algum mistério. Dizem que a maçonaria tem um segredo. Parece que o segredo da maçonaria é que não há segredo algum. Não importa. Há o ritual. E o passatempo. No passado, com as jornadas de trabalho de 16 horas diárias, com as guerras e com baixa expectativa de vida, os passatempos eram menos importantes. Quase todo mundo morria cedo e cansado. Mesmo assim, havia muitos rituais e passatempos. Foram os nossos antepassados que inventaram as coleções e as pescarias. O pescador politicamente correto pesca o peixe e o devolve. Coloca um anestésico no anzol. Só quer o ritual e o passatempo. O grande ritual passatempo de hoje é o futebol. Torcer exige aplicação, roupas e gritos.

Outro passatempo ritualizado é a política. Muito aposentado ou com a vida resolvida, tipo o banqueiro Henrique Meirelles, entra na política. É um jogo. Tem o momento de mexer as peças no tabuleiro, fazer alianças, destruir oponentes, avançar casas, conquistar votos e gritar "ganhei". Podem-se obter aplausos, reconhecimento e poder. Há os que entram na política por interesses. Há os que entram por não saber fazer outra coisa. E há os que entram para jogar. Um santo remédio para muita gente é ser senador. Quase todo senador morre velho. O Senado é uma casa ritual, com pompa, circunstância e vocabulário próprio. Mais ou mais como uma academia de letras. O único inconveniente é estar situado em Brasília. Não fosse isso, eu recomendaria o Senado em lugar de pescaria ou coleção de canecas. Ser senador alivia várias doenças.

Já ouvi dizer que ser senador é um santo remédio para hemorroidas. Tenho dúvida. Santo remédio para quase tudo é ritual e passatempo. A sabedoria da existência não é comer o churrasco. É prepará-lo. Dentro de dez anos, começarei a frequentar raves e bailes da terceira idade.

Emendas parlamentares

Palomas, como todos sabem, é um Estado muito avançado. A última pólis grega encravada no Rio Grande do Sul. Palomas é a sucessora de Atenas. Com a diferença de que em Palomas não existem escravos e estrangeiros e mulheres também têm direitos políticos. O sistema político e eleitoral palomense é o mais avançado do mundo. O financiamento das campanhas eleitorais é privado. Mas o Estado distribui uma grana preta para o Fundo Partidário. Debate-se uma inversão: financiamento público com aporte de dinheiro privado por baixo do pano. A esse modelo se chamaria caixa dois. Por enquanto, para obter recursos, políticos com cargos administrativos recebem propina para aprovar licitações ou recebem de volta parte dos valores superfaturados pagos a empresas.

Esse modelo foi inventado pelos políticos palomenses, que o criticam todo dia como responsável pela corrupção, mas não o mudam. Em Palomas, não se altera o que, embora sendo criticável, é perfeito na sua imperfeição. O sistema eleitoral palomense, na defesa das minorias, garante, pela proporcionalidade, que um candidato com 130 mil votos perca o seu lugar para um com 30 mil. Disso resulta normalmente o triunfo das maiorias coligadas. Em Palomas nada se faz sem um pretexto. O Estado precisava de muitas obras. Havia recursos. Faltava motivo. Nada se fazia. Então se resolveu bancar uma Copa do Mundo de Jogo do Osso. Todas as obras paradas há décadas passaram, enfim, a ser realizadas. Deixou-se estrategicamente atrasar o começo dessas obras para eliminar entraves, como licitações, e elevar os preços pagos a empresas amigas, que financiam campanhas. Palomenses dizem que não existe churrasco grátis. Uau!

Outra originalidade palomense é o sistema de emendas parlamentares. O Estado separa uma quantia do seu orçamento para leilão entre os parlamentares. Quem for mais capaz de convencer os colegas, aprova dinheiro para uma obra em seu curral. Faz bonito com o chapéu público e fatura votos com os "beneficiados". Compensa os colegas que o apoiaram apoiando as emendas deles. A emenda é um remendo. Através dela o parlamentar transforma a sua obrigação em moeda de troca. E o governo senta em cima do dinheiro do contribuinte, só o liberando para quem dançar conforme a sua música. Em Palomas, os cínicos chamam isso de financiamento público maldisfarçado de campanha.

Criticados por essas tramoias e pela corrupção crescente, os parlamentares palomenses de todos os partidos repetem uma ladainha: a saída é o voto em lista fechada e o financiamento público de campanha. Se emplacar o golpe, não precisarão mais correr atrás de votos individualmente, nem de dinheiro, e os caciques donos de partido estarão sempre nas primeiras posições, podendo negociar as demais. Trata-se de uma postura só existente em Palomas: o interesse dos políticos, contra invenções de políticos, colocado acima dos interesses da plebe. Os políticos palomenses são patriotas e entendem que colocando os seus interesses acima de tudo estão defendendo os interesses de todos. Afinal, como representantes de todos, cabe-lhes sempre ir na frente.

Evasão e passatempo

Quase todo mundo sonha em evadir-se. Alguns de uma prisão de verdade. Outros, da prisão do cotidiano. Que frase! Um tanto dramática. Há quem pratique esportes radicais, quem escale o Everest, quem jogue cartas, quem traia a mulher ou o marido e quem jogue em bingos clandestinos. Todos em busca de um escape, de evasão. Tenho pensado, depois de uma conversa com o professor Pedro Brum, em Santa Maria, em fugir para Palomas e colecionar caixinhas de fósforo. Eu me vejo curvado sobre um balcão organizando o material e sonhando com viagens e lugares inalcançáveis. Todo mundo precisa canalizar suas energias excedentes para um passatempo. Alguns recorrem às drogas, ao álcool, ao futebol, ao sexo ou a uma coleção. É melhor colecionar caixinhas de fósforo do que ver o Faustão. Um dos problema atuais é que a família diminuiu de tamanho, temos mais tempo livre, a caça ficou politicamente incorreta e perdemos o hábito de fazer coleções. Um homem sem um hobby pode ser muito perigoso.

O problema das coleções é que me começam a me vir ideias literárias. Um dia, depois de 28 mil caixinhas organizadas e duramente obtidas, o colecionador sai de casa com uma metralhadora e mata metade do vilarejo. Sei, ando vendo filmes americanos em demasia na sessão da tarde. O grande escritor Aureliano de Figueiredo Pinto, um dos maiores da história da literatura do Rio

Grande do Sul, nascido em Tupanciretã, largou tudo em Porto Alegre, onde chegou a ser chefe da Casa Civil do interventor Cordeiro de Farias, e foi morar em Santiago. Segundo Pedro Brum, Aureliano mandou construir um galpão no fundo do pátio e instalou seu consultório médico na parte da frente da casa. Passou a levantar de madrugada para fazer fogo de chão e tomar mate. Homens assim me fascinam. Escrevia sem a menor preocupação em publicar. Talvez tenha ido para Santiago em busca de um bom lugar para exercer a medicina. Talvez faltassem oportunidades para publicar. Aureliano revisou as provas do seu livro *Romance estância e querência* pouco antes de morrer.

Não importa. A ideia do escritor retirado no seu consultório, no seu galpão e aos seus poemas é muito melhor. Planejo a minha retirada. Colecionarei caixas de fósforos em Palomas, onde escreverei interminavelmente *Jango no exílio, 14 de maio de 1888, o primeiro dia depois do fim da escravidão no Brasil* e *Inferno no paraíso*. Talvez venha a ser um livro só. Há quem fuja para o grande mundo e quem fuja do mundo grande. O poeta Raul Bopp, quando era adolescente, fugiu a cavalo de Tupanciretã. Vendeu o matungo em São Borja e seguiu serpenteando pela Argentina. Chegou a Assunção, no Paraguai, de onde deu um jeito de ir para São Paulo. Conheceu os modernistas, voltou para o Rio Grande do Sul, tomou novos rumos e escreveu *Cobra Norato*. A literatura pode ser uma coleção de caixinhas de fósforo. Por meio dela, evade-se quem lê. Mas principalmente quem escreve.

O ideal seria fazer tudo: fugir a cavalo para São Borja, vender o matungo e sumir em Santo Tomé. Reaparecer em

Palomas. Colecionar caixinhas de fósforo. Fazer fogo de chão e matear solito. Escrever uma página por dia e reler Aureliano e Bopp ao cair das tardes de inverno.

Até ficar cego como Borges.

O velho Borges vendo chover em Palomas

Afinal, qual o sentido dessa história? O que dizem os manuscritos, em árabe ou aramaico, esquecidos em Palomas com a morte de Rafael Vidal? Sei que os estudantes querem saber. A minha resposta vai decepcionar todo mundo: eu mesmo não sei. Rafael Vidal é um personagem. Ele existe em mim a partir de fragmentos da realidade. É o fruto de uma época em que o Brasil pensou em invadir o Uruguai para libertar o cônsul Aloísio Dias Gomide, sequestrado pelos tupamaros. É tudo o que eu realmente sei sobre Vidal. Ele é muito real em mim. Mas eu não o domino. Volta e meia, reaparece nos meus sonhos ou no meu imaginário e ganha vida e força contra a minha vontade. Vida não morre jamais.

Palomas sempre foi cheia de personagens estranhos e indecifráveis, como se tivessem saído de algum livro ou antecipassem histórias que se tornariam conhecidas, misturando-as antes mesmo de existirem. Lembro-me de que na estrada levando do centro do vilarejo até o pequeno cemitério incrustado numa coxilha, não longe do belo "Cerro de Palomas" – essa meseta altiva que se ergue soberana sobre a verdura da campanha –, havia um casebre quase tocando o chão. Na sua única janela com vidros, um velho contemplava a estrada com olhos perdidos. Eu passava por ali todos os dias ao final da tarde. Ia recolher os animais soltos para comer. Os bichos acabavam sempre costeando a cerca do campo santo, onde havia muito pasto. Eu sentia muito medo. Certa vez, avistei uma figura vestida de branco que se balançava freneticamente junto aos túmulos. Dei de rédeas e só parei de galopar na porta da nossa casa.

Tive, no entanto, de voltar para trazer as vacas. Meu pai não quis acreditar na minha história. A figura de branco era um imenso caraguatá florido. Nos meses de inverno, quando a chuva parecia açoitar o povoado para sempre, eu passava diante do casebre com o seu único olho de vidro e lá estava o velho Borges vendo chover em Palomas. Era um homem taciturno. Apenas uma vez eu o encontrei no pátio da sua casinha. Estava sentado numa cadeira de balanço e tinha um livro sobre os joelhos. Não se mexia. Parecia estar em outro lugar. Eu já sabia ler e me aproximei instintivamente para testar os meus conhecimentos. Só consegui ler algumas letras: ... Mil e uma noi... O velho tossiu. Eu saí correndo. Nunca voltei lá.

Palomas era assim. Tinha o "seu" Potes, um homem de algumas posses, mas que vivia quase como eremita no meio dos seus livros e revistas. Ao que consta, por causa de uma briga com a mulher. Ela teria esboçado um gesto de aborrecimento quando ele foi lhe fazer um carinho ao chegar das lides campeiras. Disso teria resultado um juramento de nunca mais dirigir a palavra a ela e um isolamento eterno. Um neto dele foi meu aluno na PUC. "Seu" Potes foi a primeira pessoa a me falar de literatura. Não sei se ele era amigo do velho Borges. Sei apenas que fiquei estarrecido quando fui com meu pai buscar os animais junto ao cemitério. Borges estava na janela fitando o aguaceiro. Meu pai comentou subitamente: "O velho Borges é cego".

A arte da chefia

Na rua, um jovem com gel no cabelo me pergunta: "Como ser um bom chefe?" Por que pergunta a mim? Porque falei disso numa crônica de jornal. Além disso, como é perceptível, exalo liderança e carisma. Sem contar que leio Sun Tzu. Estou armado até os dentes para tratar do assunto. Posso dar palestras sobre as dificuldades e desafios da chefia. Por exemplo, nunca faça confissões aos chefiados. Cedo ou tarde, pagará por elas. De resto, jamais faça confissões. Nem ao psicanalista. Quem confessa, vira refém. Melhor ainda, não tenha segredos.

Chefiar é combater. O chefe é um general que precisa saber negociar, recompensar e até punir. Daí a importância de ler *A arte da guerra*, do general chinês Sun Tzu. Um chefe moderno é um articulador de projetos. Nem sempre, contudo, pode sair alardeando seus planos. Tzu ensina: "Se for preciso esconder teus projetos, sê obscuro como as trevas". Mas, acrescento eu, não tanto que te tornes obscurantista ou despótico. Há o momento de falar e o momento de calar. Tzu alerta: "Há ocasiões [...] em que a maior parte de teus homens não poderá te ver nem te ouvir". E ocasiões em que não suportarão te ver e ouvir. Um chefe experiente sabe a hora de não dar as caras. Ou de só responder por e-mail. Essencial para um chefe é não se encarniçar contra um inimigo derrotado.

Quando o funcionário se transforma num inimigo derrotado, vai à justiça do trabalho. Um chefe inteligente precisa ter coerência, não mudar de opinião todo dia, mas, mais importante ainda, precisa saber mudar: "O general deve conhecer a arte das mudanças. Se ele se fixa em um conhecimento vago de certos princípios, em uma aplicação rotineira das regras da arte bélica [e da arte da administração], se seus métodos de comando são inflexíveis, se examina as situações de acordo com esquemas prévios, se toma suas resoluções de maneira mecânica, é indigno de comandar". Perde o respeito dos subordinados. Um chefe, quer dizer, um general, segundo Sun Tzu, deve ter as suas astúcias para vencer o inimigo: "Lança mão de tudo para corromper seus melhores homens: oferendas, presentes, afeição, nada omitas. Se preciso for, suborna". Bom sinal: nossos políticos são todos leitores. Mau sinal. Leem o pior das lições de Sun Tzu.

Algumas passagens do sábio general chinês parecem ter sido escritas para estes tempos em que o principal acusado de corrupção atende por Carlinhos Cachoeira (passará com as águas, outros virão, sempre os mesmos, sempre diferentes, num jorro): "Mantém ligações secretas com os elementos mais corruptos do campo inimigo; serve-te deles para alcançar teus fins, agregando outros corrompidos". Tzu é detalhista: aconselha o chefe (general) a não ser suscetível, alerta para todos os perigos e chega a dar recomendações até para os mais lentos: "Se os homens que enviaste para sondar o terreno informarem que, apesar da calmaria, as árvores estão se mexendo, conclui que o inimigo está avançando". Uau!

Diz mais: "Se te informarem que viram ao longe nuvens de poeira elevarem-se nos ares, conclui que os inimigos estão em marcha". Não tem erro. Outro aviso a respeito do comportamento dos subordinados: "Se, passando perto de algum rio, correm todos em debandada a se saciar, estão sedentos". Inimaginável. Augusto Cury não seria tão claro. Nem mesmo Paulo Coelho seria tão útil.

Morte de rato

Nero era filho de Cneu e de Agripina, irmã de Calígula. Cneu foi acusado de traição, adultério, incesto e assassinato por Tibério. Alegou que não havia provas contra ele e só faltou dizer que era intriga da mídia. A morte de Tibério livrou-lhe a cara. Faleceu de doença. Agripina foi acusada de matar o marido, o imperador Cláudio. Calígula foi morto junto com a mulher e a filha. Cláudio teve dois filhos com Messalina, antes de matá-la para sufocar um complô. Nero casou-se com sua meia-irmã, Cláudia, mas tomou como amante Cláudia, uma liberta. Cláudio adotou Nero como filho. Quando Britânico, filho legítimo de Cláudio, fez 14 anos, tornou-se uma ameaça para Nero. O jovem morreu repentina e misteriosamente. Nero era homem de grandes amores. Apaixonou-se por Popeia, esposa do seu amigo Marco Otão (será que daí vem otário). Como sua mãe opunha-se ao romance, mandou assassiná-la, um dos métodos mais eficazes para remover obstáculos ao livre curso amoroso. O mesmo vale para obstáculos ao livre curso do poder. Nero mandou eliminar seus rivais. Era um homem de espírito prático e claro.

Suetônio e Dião Cássio sustentam que Nero pôs fogo em Roma para poder reconstruí-la ao seu gosto. A arquitetura, como a amor e o poder, requer, por vezes, métodos expeditivos. Para fazer as novas obras, aumentou impostos. A oposição, sem amor pela arquitetura, acusou Nero pelo incêndio, que repassou a culpa para os cristãos e mandou jogar alguns aos cães e crucificar outros. O imperador era poeta, músico e "piloto". As suas loucuras não lhe trouxeram tantos incômodos quanto a sua política fiscal. Executar inimigos e incendiar a cidade, tudo bem, mas abusar nos impostos e nos gastos públicos, isso não. Declarado inimigo público pelo Senado, acossado pela aproximação de um soldado romano, pediu ao seu secretário que o apunhalasse. Naquela época, era preciso pedir. A sua última frase foi: "Que artista falece comigo". Coisas da antiguidade, quando tiranos malucos podiam reinar. Qualquer comparação com Kadhafi, eliminado deste mundo sem respeito aos seus ditadores, é mera coincidência.

Na escola, Kadhafi destacou-se em literatura. Depois de tomar o poder, escreveu o seu *Livro verde*, uma obra obscura, e organizou o "Estado de massas", regido por milhares de comitês populares segundo a sua vontade individual. Sufocou uma tentativa de golpe mandando prender mais de 2 mil pessoas e executando seus principais rivais. Patrocinou terroristas e mandou derrubar aviões civis de passageiros. Foi baleado em nova tentativa de golpe. Teve a mulher e a filha mortas durante um bombardeio americano. Nero reinou por 14 anos. Kadhafi por 42. Nero pôs fogo em Roma. Kadhafi levou a Líbia inteira a ser incendiada. Capturado, numa quinta-feira, não teve a espertaza de suicidar-se. Não se fazem mais secretários como antigamente. Foi executado pelos oponentes. Uma lei dos tempos antigos foi ressuscitada: aqui se faz, aqui se paga. Ainda bem que estamos longe dos bárbaros tempos da antiguidade. O civilizado Ocidente jamais teve relações com esse Nero sem inspiração poética. Nem frase final ele disse. Morreu como um rato.

Livro de cabeceira

Uma simpática estudante de Letras perguntou qual é o meu livro de cabeceira. Fiquei sem resposta. Disse que não tinha um. Citei os meus autores preferidos. Mas não parei de pensar na questão. Aí a resposta caiu no meu colo como uma melancia. Sim, eu tenho um livro de cabeceira. Bem, ele não fica na minha mesinha de cabeceira. Está na minha estante mais nobre. É o volume com as *Obras completas* (Emecé Editores, Buenos Aires) de Jorge Luis Borges. Entrei de cabeça naquelas coisas bobas que a gente responde e pergunta em casa de praia ou programa de televisão metido a cultural. Se eu tivesse de levar um só livro para uma ilha, seria esse. Se eu tivesse de escolher entre levar as *Obras completas* de Borges e a Ana Paula Arósio para uma ilha deserta, onde passaria a minha vida, eu levaria Borges. E se fossem três semanas? Eu levava Borges. O mesmo não vale para a Cláudia, minha mulher. Não há incompatibilidade entre ela e Borges. Frase forte para provocar discussão em algum boteco: Borges é o melhor escritor de todos os tempos.

As *Obras completas* de Borges têm tudo o que eu admiro em literatura: o conto mais lindo que se possa imaginar, "Hombre de la esquina rosada", o mais triste, "El sur", e as pequenas narrativas mais inteligentes. Borges é um escritor intelectual. As suas histórias mesclam forma perfeita e conteúdo. Mesmo quando parece estar apenas resenhando um livro, está fazendo literatura. Nele, pensamento e ação nunca se dissociam. O volume com as suas *Obras completas* é o livro que mais leio, releio, consulto, manuseio e tiro da prateleira. E também, junto com as ideias de Jean Baudrillard e Guy Debord, o que mais cito. Foi lendo Borges que tomei conhecimento da eterna derrota de Aquiles para a tartaruga: "Aquiles corre dez vezes mais rápido do que a tartaruga e dá-lhe dez metros da vantagem. Aquiles corre esses dez metros, a tartaruga corre um; Aquiles corre esse metro, a tartaruga corre um decímetro; Aquiles corre esse decímetro; a tartaruga corre um centímetro...".

Foi também lendo Borges, depois de muita leitura de filosofia, que conheci o silogismo dilemático, que adapto assim: "Guma jura que os palomenses são mentirosos; mas Guma é palomense; logo Guma mente; logo não é verdade que os palomenses são mentirosos; logo Guma não mente; logo é verdade que os palomenses são mentirosos; logo Guma mente; logo...". Já falei disso mil vezes. É a minha obsessão. Há também o poeta Borges, que canta os arrabaldes, "las calles de Buenos Aires/ ya son mi entraña", Borges, o inventor de paradoxos, Borges, o criador de bifurcações, Borges, o gênio das releituras etc. Quem quiser apenas o Borges contista, fora dos contos já citados, digamos, um conto de amor e amizade, que se regale com "La intrusa". Percebi que Borges é o meu livro de cabeceira ao contemplar a tela do meu computador. Há anos que o disco rígido dos meus computadores recebe o mesmo nome: "Informe de Brodie". O argentino consegue o que parece impossível: misturar num mesmo texto leveza, ironia, sofisticação, mistério, inteligência, erudição, graça, ficção, verdade e jogo.

Até eu compreendo o que nunca compreenderei.

Uma insolação

Vantuir tinha sempre o mesmo sonho, dormindo ou acordado. Um sonho de verão. Sonhava e imaginava que uma gostosa, uma megagostosa, deitava-se diante dele, na praia, e ficava só provocando. Num dia, estava de biquíni branco. No outro, de biquíni preto. Vantuir não admitia variações nas cores do biquíni da musa da sua imaginação e dos seus sonhos. Sonhava em preto e branco. Era um sonho monocromático, monotemático e monocultural. A gata ficava de bumbum para cima sorrindo para ele. Na maior. Havia dois problemas: Vantuir ia à praia com a mulher. E, pior, quando a patroa entrava na água, as coisas que a provocadora, sem a menor cerimônia, dizia para ele:

– E aí, Neném, vai encarar?

Não era o fato de não poder encarar que o incomodava, nem a covardia da mulher, desafiando-o na situação de fragilidade em que se encontrava, o que enfurecia era o "Neném". Por que cargas d'água ela o chamava de Neném? Aquilo nem combinava com a beleza dela. Vantuir pensou em procurar um terapeuta. Afinal, sentia-se vítima de uma alucinação, de uma fantasia tipicamente masculina que terminava mal. Queria livrar-se, não da megagostosa, mas da sua mania de dizer "e aí, Neném, vai encarar?" Um especialista disse-lhe que era tudo ou nada. Se queria desembaraçar-se do "neném", perderia a gata. Outro, mais pragmático, discípulo da senadora

Marta Suplicy, recomendou-lhe simplesmente relaxar e gozar.

Pois não é que o sonho de Vantuir se realizou? Uma megagostosa deitou-se na frente dele, de biquíni preto, e ficou rindo para ele enquanto a sua esposa dava um mergulho. O pobre suava pensando no momento infalível:

– E aí, Neném, vai encarar?

Torcia para que a mulher voltasse e o salvasse da humilhação. De repente, os lábios da moça se mexeram:

– Está gostando da paisagem?

Vantuir ficou mais vermelho do que um torcedor símbolo do Internacional. De que ela estaria falando? Seria uma metáfora? Seria outra provocação da sua parte, quer dizer, da parte das outra com quem tinha sonhado.

– Paisagem? Que paisagem?

– Os morros à sua frente – precisou ela.

Morros? Estaria falando das montanhas ou do seu generoso e certamente siliconado bumbum. Vantuir esfregou os olhos. Aquilo não podia estar acontecendo. As boas respostas sempre lhe chegavam com uma semana de atraso.

– São lindos – balbuciou.

– Os morros? – sussurrou ela.

Era tudo ou nada. Vantuir resolveu enfrentar o monstro, quer dizer, a bela, de homem para homem. Foi nesse momento que uma mão molhada, estranhamente familiar e dura, pousou nas suas costas como uma garra de fêmea:

– E aí, Neném, vai encarar?

O Paraguai da escravidão

Um cronista deve ter seus momentos de seriedade. Correndo o risco de ser chato. Eu sou a favor da chatice. Em doses homeopáticas, se possível. Serei chato. Lá vai.

Está sem nada para fazer? Entediado? Aproveite para ler Joaquim Nabuco. É um dos maiores intelectuais brasileiros de todos os tempos. Foi um homem à frente do seu tempo. Lutou contra a escravidão numa época em que os espíritos "sensatos" e "ponderados" defendiam a manutenção da ordem escravocrata com argumentos do tipo "só os radicais defendem a abolição pura e simples" ou "precisamos pensar na estabilidade e nas consequências econômicas da libertação dos escravos". As mentes "razoáveis" mais exaltadas chegavam a dizer que a abolição traria o caos. Nabuco, em *O abolicionismo*, triturou essas falácias e ainda previu o futuro: os vestígios do escravismo e do racismo durariam muito. Fazem-se sentir até hoje.

Nabuco era homem de ideias claras e, em pleno século XIX, definia qualquer transação de seres humanos como crime, variando apenas o grau de crueldade. As mentes "equilibradas" aceitavam uma abolição lenta e gradual. Tudo deve ser lento e gradual no Brasil. Até o fim das ditaduras. Nabuco previu: "Essa obra – de reparação, vergonha ou arrependimento, como a queiram chamar – de emancipação dos atuais escravos e seus filhos é apenas a tarefa imediata do abolicionismo. Além dessa, há outra maior, a do futuro: a de apagar todos os efeitos de um regime que, há três séculos, é uma escola de desmoralização e inércia, de servilismo e irresponsabilidade para a casta dos senhores, e que fez do Brasil o Paraguai da escravidão". Nabuco era branco e filho de senador do Império. Conhecia bem a sua casta.

Quando uma mulher negra ganha menos do que um homem negro, que ganha menos do uma mulher branca, que ganha menos do que um homem branco, a "escola de desmoralização e inércia" continua funcionado e produzindo efeitos. Nabuco foi jornalista, historiador, jurista, diplomata, poeta e senador. Tinha uma cultura enciclopédica. Enxergava longe: "Depois que os últimos escravos houverem sido arrancados ao poder sinistro que representa para a raça negra a maldição da cor, será ainda preciso desbastar, por meio de uma educação viril e séria, a lenta estratificação de trezentos anos de cativeiro, isto é, de despotismo, superstição e ignorância". Falava da ignorância dos senhores e alertava para a fossilização de uma mentalidade discriminatória, a qual, se não enfrentada pela educação, faria a obra da escravidão seguir adiante, "mesmo quando não haja mais escravos".

A política de cotas é um mecanismo para quebrar a escola da desmoralização e da inércia e a fossilização da mentalidade discriminatória. Nabuco disse mais: "A política dos nossos homens de Estado foi toda, até hoje, inspirada pelo desejo de fazer a escravidão dissolver-se insensivelmente no país". Diluir o racismo e a exclusão sem muito barulho nem medidas drásticas tem sido a política e o desejo de muitos. Não funciona. As cotas são políticas afirmativas para anular efeitos persistentes do passado. Como disse Nabuco, "o nosso caráter, o nosso temperamento, a nossa organização toda, física, intelectual e moral, acha-se terrivelmente afetada pelas influências com que a escravidão passou trezentos anos a permear o Brasil". A exclusão é a face atual disso tudo.

Políticas compensatórias costumam ser muito defendidas no Brasil: para o agronegócio. Faz sentido. Nossos latifundiários são historicamente discriminados.

Fui chato. Pronto. Que fazer? É o ofício.

O país dos lacerdinhas

Não, definitivamente, as utopias não acabaram. No Brasil, entre os últimos utopistas estão os lacerdinhas. Eles não sonham com um mundo melhor. Continuam buscando o melhor dos mundos. Na opinião deles. Os lacerdinhas são modernos. Sabem tudo, dominam tudo e só têm certezas velhas, que consideram novas. Para eles, por exemplo, não existe aquecimento global. Ou, ao menos, o homem não tem qualquer papel em mudanças climáticas. Aquecimento global para os lacerdinhas é coisa de ecochato ignorante, urbanoide e sem nada para fazer. Existem cientistas lacerdinhas. A mídia, em geral, é muito lacerdinha. A bancada ruralista do Congresso Nacional é lacerdinha.

Lacerdinhas vivem na era da moral do sacrifício e do dever. Especialmente se for o sacrifício dos outros, os seus adversários. Lacerdinhas querem um país perfeito, sem desordem, sem caos, sem anarquia, sem movimentos sociais, sem greves, sem estradas fechadas por manifestantes, salvo se forem representantes do agronegócio. Lacerdinhas são nostálgicos. O passado é sempre melhor. Ainda mais o passado do regime militar brasileiro. Como identificar de cara um lacerdinha? Basta pedir para o suspeito falar sobre a Comissão da Verdade. Se disser que é a favor desde que os "dois lados" sejam investigados, eis um lacerdinha puro e duro. Lacerdinhas adoram rotular e adjetivar. Detestam ser rotulados e adjetivados. Lacerdinhas são defensores da moral e dos bons costumes. Combatem ferrenhamente a corrupção. Da esquerda. Convivem tranquilamente com roubos da direita.

Com toda razão, pedem a cabeça de mensaleiros. Mas não perdem o sono por causa de Paulo Maluf. Lacerdinhas denunciam a perda de referências, a crise de valores, a falta de limites, a decadência da autoridade de pais e professores. Horrorizam-se com a violência nas escolas, onde alunos agridem seus mestres. Sentem saudades dos tempos em que os mestres estavam autorizados a agredir os alunos. Lacerdinhas odeiam ditadores. De esquerda. Garantem ideologicamente que as ideologias acabaram. Vociferam contra patrulhas ideológicas. Acham lamentável não se ter mais o direito de falar mal ou fazer piada de homossexuais, negros, ciclistas e outros indivíduos ou grupos de "malas". Lacerdinhas têm um país perfeito na cabeça. Uma nação da paz e respeito. A paz dos cemitérios. Lacerdinhas querem mais prisões, mais punições, mais repressão, mais câmeras e mais polícia.

Paradoxalmente quase nunca um lacerdinha de alto coturno vai para a cadeia. Eles costumam ter bons advogados. Lacerdinhas só não gostam de multas no trânsito. Podem ser atingidos. Atacam a "indústria da multa". Lacerdinhas sabem perfeitamente a diferença entre o bem e o mal. O mal são os outros. Lacerdinhas detestam ONGs, cotas, algumas licitações e gente que fala em "questões sociais". Lacerdinhas acreditam, ou fingem, que os militares deram o golpe de 1964 para salvar o Brasil do comunismo. Lacerdinhas leem a revista *Veja* no consultório do dentista e nem precisam de anestesia.

E o Estado? Lacerdinhas defendem o Estado mínimo, exceto quando suas empresas estão à beira da falência. Lacerdinhas defendem a meritocracia, desde que continuem tendo as vantagens atuais garantidas pela falta de igualdade no ponto de partida, o que estabelece um sistema de hierarquia social e de reprodução da desigualdade. Lacerdinhas são xiitas da falsa moderação.

O concreto e o abstrato

Encontro uma leitora na rua. Seria o caso de cadastrá-la? Estou sem tempo para burocracias. Ela me pede que exponha mais uma vez os meus argumentos sobre os limites do julgamento pelo mérito abstrato numa sociedade desigual. Fico excitado (no sentido intelectual da palavra). Ela já passa dos 80 (embora o sexo na terceira idade seja uma prática cada vez mais rotineira, batendo, algumas vezes, o sexo na idade da razão, quando se perde a cabeça por dinheiro e trabalho). Desfio meu saberzinho.

O mérito é um sistema de hierarquia social que reproduz uma situação historicamente dominante. O julgamento pelo mérito é o melhor e o mais justo quando há condições iguais ou semelhantes de preparação. O que afere o exame pelo mérito? O mais inteligente? Não necessariamente. O mais bem preparado? Sim. Por quê? Por ser o mais inteligente ou por ter tido as melhores condições de preparação? O sistema de julgamento pelo mérito, em condições históricas concretas, pode levar ao contrário do seu pressuposto, reproduzindo desigualdades historicamente construídas, na medida em que põe em competição indivíduos em condições de preparação diametralmente opostas. Quando indivíduos em igualdade de condições de preparação alcançam resultados diferentes, é licito pensar que a disputa foi bem resolvida. Se alguém não se preparou, isso vira uma questão pessoal.

Ou mesmo uma questão de talento.

Pensem em Barrichello e Schumacher.

Quando, porém, o indivíduo não teve condições semelhantes de preparação às dos seus concorrentes por causa de uma desigualdade historicamente construída, atribuir o fracasso à sua falta de esforço pode beirar à perversidade ou ao sofisma. É verdade que excepcionalmente alguns conseguem superar a adversidade e vencer em condições absolutamente desiguais de preparação e de competição. O critério universal do mérito pode converter-se em instrumento local de manutenção dos privilégios daqueles que, mesmo não tendo obrigatoriamente buscado vantagens, encontram-se num patamar favorecido da escala social. O sistema de julgamento pelo mérito capta um instante da realidade, não necessariamente o seu processo. As condições de preparação incluem a educação formal e existencial. Numa família com boa formação sobre o que é objeto de julgamento, o filho aprende no almoço ou nas férias.

Obviamente que soluções artificiais podem gerar distorções e prejudicar esforçados ou nem tão aquinhoados assim. Mas por que se deve selecionar com base numa competição entre estudantes em condições de preparação desiguais aqueles que ingressarão na universidade? Parecem existir apenas três respostas: 1) porque só os melhores devem entrar mesmo (concepção elitista), os demais devendo aprender ofícios técnicos; 2) porque os governos perversamente não liberam recursos existentes para investimentos em educação capazes de melhorar o ensino básico dando condições semelhantes de preparação a todos e aumentando as vagas no ensino superior (concepção ideológica); 3) por falta de recursos (concepção pragmática). Por que um governo razoável, se existe, deixaria de investir pesadamente em educação se pudesse?

Resta a hipótese da escassez de recursos. É o que parece sinalizar qualquer governo. Volta-se à questão do estoque limitado. Como distribuí-lo? Pelo mérito? Essa não é uma ilusória maneira de aplicar um critério universal e puro? Esse não é um álibi para reproduzir a desigualdade social historicamente construída? Por que os escassos recursos públicos deveriam ser dados aos melhores quando esses melhores podem pagar? Um leitor entende que um veículo sério não deveria dar espaço para esse tipo de discussão. Eu sempre achei o contrário.

A senhora está encantada. Oferece-me seu telefone. Ninguém me bate na faixa dos 70 aos 102 anos.

A mulher de 70 anos

Balzac escreveu *A mulher de 30 anos*. Hoje, poderia, quem sabe, escrever *A mulher de 70 anos*. Estou exagerando? Não acho. Seria mais adequado falar em mulher de 40, 50 ou 60 anos? Isso não passaria de algo evidente. A verdade é uma só: as mulheres vivem cada vez mais tempo e melhor. Preciso dizer isso de outra maneira, mais clara: vivem cada vez mais tempo, mais belas, mais envolventes e mais apaixonadas pela vida. Aproveitam-se da evolução da ciência, das cirurgias plásticas, das novas técnicas de preparação física, dos novos cosméticos, de tudo o que permite cuidar bem do corpo e, principalmente, do bem que faz gostar de viver muito. O homem é prosaico. As mulheres são poéticas. O homem é diurno. A mulher é noturna. O homem é apolíneo. A mulher é dionisíaca. Felizmente há homens com alma feminina.

Um homem de 50 anos quer ficar no sofá vendo jogo de futebol e bebendo cerveja. Não vê mais razão para sair, dançar, seduzir e divertir-se. Aos poucos, fica com a aparência e o cheiro de um lobo-marinho em cima de um rochedo. Com homem é assim: ou sai para caçar ou coloca pantufas e aposenta o rifle. Há os que saem para trair. A idade e os hábitos, contudo, os tornam invisíveis. Recuam para a frente da televisão e ali ficam. As mulheres são mais inteligentes, sensíveis, determinadas e interessantes. Leem mais, buscam novidades e apaixonam-se. O homem mediano organiza sua vida em torno de quatro elementos que, depois de levá-lo ao topo, terminam por derrubá-lo: a racionalidade, o utilitarismo, o trabalho e o tempo como valor econômico. Só as mulheres conhecem realmente a importância do supostamente inútil: produzir-se, em vez de só produzir, consumir, em lugar de se consumir, gastar e gastar-se, buscar o prazer até o fim.

As mulheres de 70 anos vão aos salões de beleza todas as semanas. Sei que, infelizmente, nem todas têm poder aquisitivo para isso. As que podem, cuidam do corpo e sonham com novos amores. O sonho de um homem de 50 anos é ter uma Copa do Mundo a cada seis meses para ver a bola rolando sem parar. As mulheres de 70 anos até sonham com futebol, mas é para ver as pernas do Messi, do Kaká e do Cristiano Ronaldo. A única alternativa para o homem de mais de 50 anos com a vida econômica encaminhada é a política, que permite brincar de estratégia com os amiguinhos parecendo útil e racional. As mulheres de 70 anos encontram coisas mais agradáveis para fazer. Algumas, mesmo depois dos 80 anos de idade, ainda buscam nos bingos comunitários ou clandestinos o gosto do jogo, do estar-junto, da brincadeira e do risco calculado.

Não chamem essas senhoras de 70 anos de vovós. Elas são, antes de tudo, mulheres em busca de prazer. Não há melhores leitoras do que elas. Captam o essencial. Homens querem saber da mensagem, do conteúdo e da ideologia. Mulheres de 70 anos percebem a forma, o jogo, a fórmula, as figuras de linguagem, as nuanças e os estilos. Eu me orgulho de escrever para elas. Sou o cronista das mulheres que sabem fazer da terceira a melhor idade.

Alma negra

Mostrei ao governador gaúcho Tarso Genro, certo dia, numa virada de ano, um parágrafo do livro *O abolicionista*, de Joaquim Nabuco, um dos maiores intelectuais brasileiros de todos os tempos, uma fera.

Tarso, homem de livros e de sensibilidade social, sabe perceber a força das palavras. Ficou meditando.

Dizia Nabuco, antes da abolição da escravatura: "Tudo o que significa luta do homem com a natureza, conquista do solo para a habitação e cultura, estradas e edifícios, canaviais e cafezais, a casa do senhor e a senzala dos escravos, igrejas e escolas, alfândegas e correios, telégrafos e caminhos de ferro, academias e hospitais, tudo, absolutamente tudo que existe no país, como resultado do trabalho manual, como emprego de capital, como acumulação de riqueza, não passa de uma doação gratuita da raça que trabalha à que faz trabalhar". Uma doação forçada dos negros aos brancos.

Os negros "doaram gratuitamente" o Brasil construído aos brancos, que nunca os indenizaram por isso. Sempre que alguém brada contra as cotas, eu penso nessa dívida jamais quitada. Somos todos beneficiados por essa "doação" obtida de maneira infame. Pensei nisso ao ler as declarações do indigesto deputado Jair Bolsonaro ao ser questionado pela cantora Preta Gil, no programa CQC, se aceitaria o relacionamento de seu filho com uma negra.

O infame Bolsonaro respondeu que "não corria o risco", pois "eles foram muito bem educados". Bolsonaro deveria ler esse texto de Joaquim Nabuco. Mas seria inútil. Analfabeto intelectual, ele não o entenderia. Nos últimos anos, só discuti com um sujeito tão ou mais intragável que Jair Bolsonaro, o insuportável Juca Chaves, cujo reacionarismo já não faz mais ninguém rir.

Bolsonaro alegaria ter-se enganado.

Não teria pensado que Preta falava em relacionamento do filho dele com uma negra, mas com um gay. Uau! Tentou escapar da infâmia racista abrigando-se na infâmia do preconceito sexual. Além de racista e homofóbico, o homem parece burro, se isso não for preconceito meu com esses pobres animais. O preconceito corre solto no Brasil. Tapamos o sol com a peneira nos estádios de futebol.

Depois que publiquei *História regional da infâmia, o destino dos negros farrapos e outras iniquidades brasileiras*, vi pessoas mudarem de comportamento comigo. Não me assusto. Tenho o couro duro. Releio Nabuco sobre o primeiro dever de qualquer um no século XIX: "Antes de discutir qual o melhor modo para um povo ser livre de governar-se a si mesmo – é essa a questão que divide os outros – trata de tornar livre a esse povo, aterrando o imenso abismo que separa as duas castas sociais".

Para Joaquim Nabuco não havia dúvida, "o abolicionismo deveria ser a escola primária de todos os partidos, o alfabeto da nossa política". Tudo o mais era menor. Continua sendo. Precisamos abolir o preconceito. Enquanto os Bolsonaro da vida vomitarem infâmias, será preciso combatê-los a golpes de Nabuco. Demora. A inteligência cala lentamente no concreto da estupidez.

Sinto-me um branco de alma negra.

No Beco da Rivadávia, em Santana do Livramento, eu jogava futebol na rua. Éramos 12 guris pobres, 11 negros e eu. Na hora de ir para o colégio, eu, mesmo filho de um cabo da Brigada Militar, ia para o melhor colégio da cidade. Eles continuavam na rua. Por que seria mesmo?

A resposta me vem todos os dias. Salta das páginas de Joaquim Nabuco, das imagens da televisão e das ruas.

Ode aos professores

Há quem faça odes ao Faustão. Ou a centroavante.

Nada contra. Mas, como sempre ando na contramão, farei uma ode ao professor, esse ser fundamental cujo piso salarial toca no teto sem precisar levantar a mão.

Recebi esta pergunta por e-mail: "Por que o senhor defende tanto os professores?" Achei, inicialmente, a pergunta estranha, a começar pelo "senhor". Poderia ser pior: um "Seu", "Seu Juremir". Aceitei então o desafio.

Afinal, a resposta sempre me parecera óbvia. Depois, comecei a responder para mim mesmo. Embora seja impossível estabelecer objetivamente um ranking de profissões, eu acho o trabalho de professor o mais importante que existe, especialmente o de professor de ensino fundamental e médio, função que nunca exerci, embora tenha chegado a passar num concurso. Sei da importância dos médicos, dos engenheiros, dos padeiros, dos lixeiros e de tantos outros profissionais, inclusive dos treinadores de futebol, dos pagodeiros e dos DJs. Mesmo assim, considero que o professor é a base de tudo.

Por pensar dessa forma, sempre vejo como injustos e até mesmo absurdos os salários pagos aos professores do ensino público. Não consigo aceitar que qualquer jogador de futebol ruim ganhe mais do que um professor. Dou um exemplo: o Hulk. Não é muito bom. Nem muito ruim. É médio. Ganha sozinho mais do que um exército de professores. Não é de se ficar verde de perplexidade?

Esperamos dos professores que eles eduquem os nossos filhos, dando-lhe conhecimentos e valores. Depositamos enormes esperanças na atividade desses mestres de poucos recursos e muita perseverança. Cobramos muito. Pagamos pouco. A desculpa é sempre a mesma: os cofres públicos não comportam salários maiores para uma categoria tão numerosa. Essa explicação sempre me parece fácil, simplória, hipócrita e até canalha. É uma maneira de levar as mãos. A culpa não é só dos governantes. É da sociedade. Por que não nos organizamos para pagar melhor os professores? Dia desses, o senador Paulo Paim me garantiu que não existe o tal rombo da Previdência Social. Autorizou-me a chamar de mentiroso quem afirme o contrário. Não perderei a oportunidade de fazê-lo. Já.

De minha parte, farei uma afirmação categórica: a sociedade brasileira pode pagar melhor seus professores. Não o faz por não os valorizar suficientemente. Volta e meia, ouço alguém atacar os professores dizendo algo assim: "Se não estão satisfeitos que mudem de profissão". Nunca ouço argumento semelhante aplicado aos grandes proprietários que pedem subsídios aos governos. Os professores viraram saco de pancada. Os governantes empurram com a barriga o eterno problema dos baixos salários. Por toda parte, vejo professores trabalhando duro e ganhando pouco. Ser professor é cada vez mais difícil e bonito. Hoje, além de saber passar informações, é preciso saber educar num ambiente de liberdade. Muita gente tem saudades dos castigos corporais e dos métodos medievais nas escolas. São os mesmos que sentem saudade da ditadura militar e que fecham os olhos para a tortura.

Imagino um leitor conservador dizendo-se que estou empilhando clichês ou fazendo demagogia. Em ano eleitoral, tem eleição no Brasil a cada dois anos, eu espero que algum candidato apresente um plano consistente para a educação. Teria meu voto. Toda hora alguém diz que só a educação muda um país. Para que a educação mude um país, no entanto, o país precisa mudar a sua educação. Um bom começo seria pagar melhor os professores. Eu não me importaria de pagar mais impostos para isso. Pagar impostos pode ser muito bom. Faz bem para a sociedade. Não há serviços sem impostos. Jamais. Estou ficando louco? Pode ser. É culpa do Hulk. Acabo de calcular quanto tempo um professor precisaria trabalhar para ganhar um mês do seu salário. Prefiro não dizer quanto.

Professor já sofre demais.

Suicidados de abril

Tornei-me o cronista das causas que aborrecem.

Adoro ser chato.

Um dos assuntos que me obcecam é o da tortura na última ditadura brasileira. Gosto de desconstruir mitos.

Sou muito abusado.

Falar do passado aborrece muita gente. Como, porém, não falar de coisas que foram encobertas durante tanto tempo? Por exemplo, de uma onda de suicídios acontecida depois do golpe de 1964? Márcio Moreira Alves refere-se a esse mal súbito em *Torturas e torturados*. Em Porto Alegre, apareceu boiando nas água do Jacuí, com as mãos amarradas, o sargento Manuel Raimundo dos Santos. Teria sido suicídio? Já em 3 de abril de 1964, depois de ter apoiado o golpe, o conservador *Correio da Manhã* protestava contra as novas práticas lacerdistas do Estado: "Terrorismo não!" Eram prisões em massa, espancamentos e, quase de imediato, estranhos suicídios.

Que coisa!

Deu uma súbita vontade de morrer em muita gente. Tudo porque os militares queriam salvar-nos do comunismo, uma ameaça quase tão real quanto um ataque de marcianos.

O primeiro "suicídio" aconteceu em 18 de abril. O operário José de Souza jogou-se do terceiro andar para escapar às "averiguações do DOPS". Em seguida, Astrogildo Pascal Viana, em Manaus, também "se matou". Alguns desses suicídios foram épicos. O comerciante

Carlos Schirner enfrentou a polícia à bala: "Suicidou-se após ferir dois policiais". Uau! Em São Leopoldo, o sargento Bernardino Saraiva feriu quatro militares, reagindo a uma ordem de prisão, e, depois, certamente arrependido, meteu-se uma bala na cabeça. Que loucura! Essa onda se alastrou pelo Brasil em paralelo com outra ainda mais singular, uma onda de enlouquecimento. Os manicômios passaram a inchar. As internações passaram a ser determinadas por militares como, em Recife, o coronel Hélio Ibiapina. Surgiu um fenômeno ímpar: a "fabricação de loucos" em série. Uau!

Quem não se matava, enlouquecia. Um médico, contrariado por Ibiapina em relação à medicação destinada a um paciente, saiu-se com esta: "Aprendi o que sei na Faculdade de Medicina e preconizado pela Organização Mundial da Saúde. Não tive oportunidade de cursar a Escola Superior de Guerra". Era um tempo de grandes emoções. O coronel Darcy Villocq Viana botou uma corda no pescoço do comunista Gregório Bezerra, deu-lhe umas pancadas na cabeça e o levou assim para passear pelas ruas de Recife. Não se preocupou com direito de imagem. Deixou filmar a cena. Tentava-se evitar a reação. Os perigos eram muitos, segundo Márcio Moreira Alves. Nove "perigosos amarelos" foram presos e torturados no Rio de Janeiro acusados de preparar atentado contra Carlos Lacerda: os chineses "colocariam bombas em papagaios de papel que, com o auxílio da suave brisa carioca, içariam sobre o palácio do governador. Quando os engenhos estivessem na desejada posição, algum dispositivo secreto seria desmontado, as bombas cairiam sobre o palácio e o Brasil perderia o grande defensor da sua democracia".

Chega! Não vou falar mais disso. Basta de humor verde-oliva estilo anos 60. Os tempos mudaram. Os militares queixam-se de baixos salários e de más condições de trabalho. Não se metem mais em política. Cumprem exemplarmente as suas funções. Agora, entre nós, que tempos aqueles de abril de 1964. Gente se matando ou enlouquecendo às pencas, chineses bolando poéticos atentados contra um governador democraticamente golpista. O Brasil nunca mais foi tão tragicamente criativo. Ufa!

A guerrilha da direita em 1964

Achei um ovo na calçada. Comecei a pensar. É incrível como um ovo pode nos levar a reflexões profundas. Pensei na ditadura militar de 1964. A Comissão da Verdade, implantada em 2012, mexeu com os nervos de militares, que passaram a se horrorizar, mesmo não tendo a tal Comissão poderes punitivos, com a possibilidade de os torturadores terem, enfim, de pagar pelo que fizeram.

As Forças Armadas Brasileiras estão acima deles. Mesmo assim, eles vestem a carapuça e generalizam (nada a ver com generais). Alguns, apresentam sempre os mesmos argumentos: a esquerda cometeu atrocidades. Todo mundo sabe disso. A questão é de ovo e de galinha. Foi isso que percebi ao encontrar o ovo na frente da minha casa.

Quem começou tudo? Quem deu o pontapé inicial?

A resposta é cristalina: a direita. Foi ela que deu o golpe militar, em março de 1964, e começou a repressão. Dado o golpe, todas as resistências armadas a ele tornaram-se imediatamente legítimas. O golpe derrubou um presidente legítimo. Implantou o arbítrio, o inaceitável. Fiquei pomposo? O ovo me deixou metafísico e bacharelesco. A maioria esmagadora, conforme o clichê que não se dá o trabalho de procurar outro qualificativo, dos que resistiram foi punida com exílio, tortura, morte, prisão, cassação etc. Alguns ícones da resistência, como Carlos Marighela e Carlos Lamarca, foram executados.

Qual torturador foi punido?

Todos. Não puderam mais torturar com o fim do regime. Sentem falta até hoje. Queixam-se amargamente.

Quem descreve os crimes da esquerda jamais cita os crimes hediondos da ditadura. Por que será mesmo? Qual crime de Estado, o mais hediondo dos crimes, foi julgado? Até hoje só os torturadores escaparam. É o ovo que diz.

A repressão não esperou o AI-5, desfechado em 1968, para ceifar cabeças. Jorge Ferreira, na biografia de Jango, relembra: "Entre 1964 e 1966, cálculos apontam para 5 mil detidos, 2 mil funcionários públicos demitidos ou aposentados compulsoriamente; 386 pessoas perderam o mandato parlamentar e/ou tiveram os direitos políticos suspensos por dez anos, enquanto 421 oficiais militares foram punidos com a passagem compulsória para a reserva – sem contar os suboficiais. Os maus-tratos físicos tornaram-se prática comum nos quartéis. Gregório Bezerra, por exemplo, foi arrastado por um jipe pelas ruas do Recife e, depois, surrado com uma barra de ferro. O almirante Aragão foi brutalmente espancado". Um começo.

O pau cantou. Thomas Skidmore resume o promissor começo da ditadura em termos de violência: "Quais foram as dimensões globais da repressão? Talvez em sua maior parte tenha ocorrido nos dez dias entre a deposição de Goulart e a eleição de Castelo Branco, embora no Nordeste tenha continuado até junho". Entre 10 mil e 50 mil presos, mortes, expurgos. Na primeira leva de cassados, 441: três ex-presidentes da república, seis governadores, 55 deputados federais e mais uma amostragem de intelectuais, líderes sindicais e outros suspeitos de "subversão". Mais dados citados por Skidmore extraídos de várias obras, inclusive de americanos como o famoso John Fuster Dulles: até 9 de outubro de 1964, fase ainda de implantação de Castelo, 4.454 aposentadorias forçadas, 1.408 demissões do serviço público, 2.985 punidos etc.

A "Operação Limpeza" passou o rastilho no Nordeste. Não havia guerrilha instalada em 1964. Em 4 de dezembro de 1962, o jornal *O Estado de São Paulo* noticiou a prisão de diversos membros das famosas Ligas Camponesas, fundadas por Francisco Julião, num campo de treinamento militar, em Dianópolis, Goiás. Moniz Bandeira destaca que o campo foi desbaratado, as armas aprendidas e Jango, ao tomar conhecimento, indignou-se, convocando o embaixador cubano para uma explicação. Projeto existiu, tentativa também. Nada prosperou. João Goulart não deu qualquer apoio e mostrou-se furioso. O projeto foi abortado antes de começar. Segundo o historiador Moniz Bandeira, o mais completo estudioso do governo João Goulart, "os grupos dos onze, ainda embrionários, não dispunham de armas e não chegavam sequer a constituir uma organização política e militar, com um programa de revolução social. As Ligas Camponesas tampouco". Moniz diz mais. Precisa ser lido.

Sim, havia guerrilha, de direita, segundo Moniz Bandeira: "A direita, sim, formava organizações paramilitares, dentro de uma estratégia de guerra civil, a fim de fomentar arruaças, dissolver comícios, promover sabotagens e até desencadear guerrilhas, caso as Forças Armadas se dispusessem a sustentar a implantação de uma república sindicalista no Brasil, propósito esse que se atribuía a Goulart. Elementos vinculados ao marechal Odylio Denys armavam os fazendeiros, no sul do país, e o mesmo o almirante Silvio Heck fazia no Estado do Rio de

Janeiro e em Minas Gerais, distribuindo petrechos bélicos, conseguidos por intermédio do governador de São Paulo, Adhemar de Barros, e do jornalista Júlio de Mesquita Filho, diretor de *O Estado de São Paulo*. Em vários pontos do território nacional havia campos de treinamento para guerrilha, montados, clandestinamente, pelos militares que conspiravam contra Goulart desde 1961". É mole? É mole mas o pau comeu duro e implacável.

Tem mais: "Em Alagoas comerciantes e latifundiários mobilizaram um exército particular de 10 mil homens". Para ajudar, conta Moniz Bandeira, "5 mil norte-americanos, 'fantasiados de civis', desenvolviam, no Nordeste, intenso trabalho de espionagem e desagregação do Brasil, para dividir o território". Por que tudo isso?

Por que, explica Bandeira, Jango "estendeu aos trabalhadores do campo os benefícios da previdência social, assistência médica, auxílio-doença e aposentadoria tanto por invalidez como por idade, assinou decreto obrigando as empresas industriais, comerciais e agrícolas com mais de cem empregados a proporcionar-lhes ensino elementar gratuito e enviou ao Congresso mensagem que concedia ao funcionalismo público o 13º salário e instituía a escala-móvel para o reajuste dos seus rendimentos". Era mesmo muito perigoso esse tal Jango.

Para piorar, combateu a especulação, regulamentou a remessa de lucros para o estrangeiro e decidiu fazer a reforma agrária. Segundo Bandeira, um diretor da Associação Comercial do Rio de Janeiro, Jorge Behring de Mattos, reagiu assim: "Armai-vos uns aos outros, porque nós já estamos armados". O horror, rotulado de comunista, resumia-se às reformas de base: "Reforma agrária, com emenda do artigo da Constituição que previa a indenização prévia em dinheiro; reforma política, com extensão do direito de voto aos analfabetos e praças de pré, segundo a doutrina de que 'os alistáveis devem ser elegíveis'; reforma universitária, assegurando plena liberdade de ensino e abolindo a vitaliciedade de cátedra; reforma da Constituição para delegação de poderes legislativos ao presidente da República; consulta à vontade popular, através de plebiscitos, para referendo das reformas de base". Era realmente um monstro comunista esse Jango!

O Brasil, fulmina Bandeira, numa população de 70 milhões de habitantes, tinha apenas 3.350 milhões de proprietários de terra, "sendo que 2,2%, i. e., 73.737 proprietários ocupavam 58% da área total de hectares". Jango ousou dizer que o uso da propriedade deveria estar condicionado ao bem-estar social. Traidor! Comunista! Quando Jango foi derrubado, segundo pesquisa do IBOPE, tinha aprovação de 76% da população, sendo que, oito meses antes do golpe, apenas 19% dos consultados achavam o seu governo mau ou péssimo. Em contrapartida, o Partido da Imprensa Golpista estava todo contra ele. Por que se rebelavam os marinheiros? Por razões intoleráveis. Por exemplo, o direito de casar. Jorge Ferreira sintetiza: "A situação na Marinha de Guerra era explosiva, sobretudo devido às péssimas condições profissionais dos marinheiros: além dos salários miseráveis, regulamentos absurdos impediam os subalternos de se casarem, impossibilitando-os de, legalmente, constituir família". Comunistas! Queriam constituir coletivos familiares em vez de ficar com a pátria. Outros queriam o direito de serem eleitos. Enfim, essas coisas que até ovo entende.

Em 1962, os Estados Unidos financiaram ilegalmente campanhas eleitorais no Brasil. IPES e IBAD eram fachadas para a lavagem cerebral. Havia a Bancada Americana. E o comunismo? Onde estava? Comendo crianças? Moniz Bandeira responde: "Sovietes havia no Rio de Janeiro ou em São Paulo? Não. Propunha-se Goulart a abolir a propriedade privada dos meios de produção? Não. O comunismo era a CGT, esse esforço de organização e unificação da movimentação sindical, que as classes empresariais, pretendendo comprimir os salários, queriam interceptar. Era a sindicalização rural. Era a reforma agrária. Era a lei que limitava as remessas de lucros". Chega de lorota.

Leio tudo. Li mais tudo que pude sobre os anos 1960 no Brasil. Recomendo *Como eles agiam*, do historiador Carlos Fico, sobre os bastidores da tortura no Brasil. Na apresentação, o historiador Jacob Gorender informa como quem conhece o riscado de cor e salteado: "Com os dados hoje disponíveis, pode-se estimar que cerca de 50 mil pessoas tiveram, no período ditatorial, a experiência traumática da passagem pelos 'porões' e, destas, não menos de 20 mil foram submetidas à violência da tortura. Nos cerca de oitocentos processos por crimes contra a segurança nacional, e encaminhados à Justiça Militar, figuraram 11 mil indiciados e 8 mil acusados, resultando em alguns milhares de condenações".

Nossos militares agiram por reacionarismo puro, por cumplicidade com os civis conservadores nacionais e por manipulação dos Estados Unidos, o senhor do golpe. Vale repetir que tudo começou, ainda em 1962, com esta mensagem edificante de Lincoln Gordon: "Goulart está fomentando um perigoso movimento de esquerda, estimulando o nacionalismo. Duas companhias americanas, a ITT e a Amforp, foram recentemente desapropriadas pelo governador Leonel Brizola. Tais ações representam uma ameaça aos interesses econômicos dos Estados Unidos". Os Estados Unidos apoiaram o golpe desde Kennedy, o bonitinho, mas ordinário, que dava o tapa e nem sequer escondia a mão.

Em 1979, o Brasil todo pediu a anistia. Mas o texto aprovado foi imposto pela ditadura como uma autoanistia. É o que mostra um livro de Luciana Genro, *O Brasil no banco dos réus*. Luciana cita parte do discurso do deputado Airton Soares (MDB/SP) na sessão de aprovação da Lei da Autoanistia: "Não podemos concordar com este projeto, e todo o MDB se manifestou contra. Não vamos participar de farsa alguma montada por um regime que até então torturava, e hoje usa outras maneiras para se afirmar no poder". Cita também a fala do deputado gaúcho Jorge Uequed (MDB): "Aqui nesta Casa, o projeto vai ser aprovado como o governo quer! Sim, porque o governo conhece as suas lideranças da ARENA, ele as tem na mão, quase que totalmente". Teotônio Vilella, presidente da comissão especial encarregada de analisar o projeto a ser votado: "A oposição procurou [...] meios de entendimento. Tudo nos foi negado, até a humildade honrada de pedir para insistir". Luciana resume: "Em uma votação preliminar, o substitutivo do MDB foi derrotado, e a aprovação do substitutivo do relator aconteceu sem votação nominal, apenas com os votos dos líderes". Qualquer outra possibilidade seria revertida pelos senadores biônicos ou vetada pelo ditador de plantão.

Pode ser que algum guerrilheiro tenha cometido barbaridades e escapado sem punição por ter caído na clandestinidade ou ido para o exílio. Não é a regra. Ou já é punição. A falta de punição é a regra para os torturadores. Meu conselho aos lacerdinhas: parem de tapar o sol com a peneira, de tentar dar lições de História e de vomitar ideologia fazendo de conta que é o contrário. Assumam-se como xiitas, fundamentalistas, radicais, extremistas de direita. Quanto aos requintes da tortura, pela qual ninguém foi punido, uma sugestão: a leitura de *Memórias de uma guerra suja*, depoimento do torturador arrependido Cláudio Guerra, um especialista.

Isto não foi uma crônica? Claro que sim.

Sobre o ovo. O ovo que achei na rua.

A velha corrupção

Muita gente, repetindo os lacerdinhas, jura que "não havia corrupção durante o regime militar" e que "nenhum general presidente enriqueceu no poder". Na primeira parte, confundem falta de divulgação com inexistência. Na segunda, consideram que sustentar um regime de tortura e morte é menos grave e até salutar. A corrupção durante o regime militar foi uma constante. O historiador Carlos Fico, em *Como eles agiam*, mostra que a ação contra a suposta "crise moral" foi o mote dos militares. Sempre que a expressão "dissolução de costumes" se espalha, tem autoritarismo no ar. É ovo podre. Os ditadores queriam acabar com a corrupção, que viam como um traço cultural muito "característico do brasileiro", esse ser pulha.

O ministro Armando Falcão, pilar da ditadura, chegou a dizer: "O problema mais grave no Brasil não é a subversão. É a corrupção, muito mais difícil de caracterizar, punir e erradicar". Com o AI-5, de 1968, a ditadura dotou-se de mecanismo para confiscar bens de corruptos. A Comissão Geral de Investigações, criada em 17 de dezembro de 1968, propunha-se a "promover investigações sumárias para o confisco de bens de todos quanto tenham enriquecido ilicitamente, no exercício do cargo ou função pública". A roubalheira correu solta durante todo o regime militar. Carlos Fico conta que, entre 1968 e 1973, auge da ditadura, a CGI analisou 1.153 processos de corrupção. Aprovou 41 confiscos de um total de 58 pedidos. Entre os investigados ou condenados, "mais de 41% dos atingidos eram políticos (prefeitos e parlamentares) e aproximadamente 36% eram funcionários públicos. Num único ato, em 1973, chegaram ao Sistema CGI cerca de 400 representações ou denúncias". Seria o caso de dizer: nunca se roubou tanto no país quanto em 1973.

Carlos Fico pergunta: "Por que, então, fracassou a iniciativa de 'combate à corrupção' do regime militar pós-AI-5?" A resposta vai enfurecer os adeptos dos lacerdinhas: "Em primeiro lugar, a impossibilidade de manter os militares num compartimento estanque, imunes à corrupção, notadamente quando já ocupavam tantos cargos importantes da estrutura administrativa federal. Não terão sido poucos os casos de processos interrompidos por causa da identificação de envolvimento de afiliados ao regime". Fico sabe do que fala. Foi um dos primeiros a ter acesso a arquivos com material sigiloso do regime. Examinou todos os processos de confisco no Arquivo Nacional. Cláudio Guerra, em *Memórias de uma guerra suja*, afirma que o regime financiou a repressão, na sua fase final, com dinheiro do jogo do bicho. Cita empresários, como o dono da Itapemirim, que receberam vantagens oficiais pelos bons serviços à repressão.

O jornal *Folha de S.Paulo* publicou em 2012 uma reportagem intitulada: "Ditadura destruiu mais de 19 mil documentos secretos". A queima aconteceu durante o reinado do último ditador, João Batista Figueiredo, aquele que preferia cheiro de cavalo a cheiro de gente. Entre os dossiês eliminados estava um que certamente chamaria muita atenção nestes dias turbulentos em Brasília: "Alguns papéis podiam causar incômodo aos militares, como um relatório intitulado 'Tráfico de

Influência de Parente do Presidente da República'. O material era relacionado ao ex-presidente Emílio Garrastazu Médici, que governou de 1969 a 1974". Como se vê, os senhores ditadores tinham hábitos muito semelhantes aos de certos políticos da atualidade.

Uma determinação do Ministério da Justiça orientava a mídia: "É vedada a descrição minuciosa do modo de cometimento de delitos". Não foi possível divulgar a descoberta de uma carga de drogas no quartel da Barra Mansa. O ministro do Trabalho, o gaúcho Arnaldo Pietro, em 1974, censurou as notícias sobre sua desastrada política salarial. Foram censuradas também as "gravuras eróticas de Picasso". O consumo de drogas era considerado parte do "variado arsenal do movimento comunista internacional". Que tempos! Um paraíso artificial. Uau!

A nova Sandy

Um crítico de mídia vê novela e presta atenção nas celebridades locais ou globais (nos dois sentidos). Acompanha a trajetória de Sandy. Ela é intemporal. Vai ficar no nosso imaginário até que desapareça como um design de biquíni de um verão muito louco e inesquecível.

Além de ser o melhor escritor brasileiro da atualidade (e o mais modesto), sou historiador, jornalista, radialista e sociólogo. Todo mundo sabe disso. Mas não custa lembrar. Meu doutorado e meu pós-doutorado na Sorbonne (quase seis anos de Paris) me autorizam o exame de certos assuntos delicados. Sou o Guy Debord de Palomas. Não sabe, caro leitor, quem é Guy Debord? Explico novamente. É o autor de *A sociedade do espetáculo*, o mais importante livro de sociologia da comunicação já publicado no mundo. Como sociólogo cuidadoso, deixo um assunto repousar para só analisá-lo depois de madura reflexão. Meu tempo de espera costuma ser de uma semana. Foi o que deixei passar para me aventurar no "caso Sandy", a minha mais intensa obsessão.

Sandy me fez pensar na mão invisível do mercado, de Adam Smith. Na verdade, ela me fez pensar que tudo é nicho de mercado. Depois de ser a guriazinha assexuada da música insípida, o que lhe valeu milhões de admiradores, ela cresceu, casou-se e virou garota-propaganda da Devassa. A ex-virgem profissional virou devassa? O que vende mais uma Devassa: uma jovem que foi modelo de virtude ou uma modelo de virtude que assume seus desejos devassos? Sandy soltou a franga. Disse que sente prazer anal. Revelou que sonha em ir a um sofazão. Só não foi ainda, no exterior, of course, por ter medo da língua de algum brasileiro. No sentido, claro, de ser vista e gerar falatório. Por fim, entregou o irmão, Júnior, chamado de "mariquinha" no colégio, e contou que coleciona lingerie. Por exemplo, calcinhas fio dental.

O pai da moça disse que nenhum pai gosta de ler essas coisas. O marido da moça garantiu que a mídia tirou do contexto a frase sobre o prazer anal. Ela disse que não disse, mas disse também isto: "Está valendo a brincadeira". Valeu! Sandy reposicionou-se no mercado? Colocou tempero no seu novo cardápio? Será tudo uma jogada de marketing combinada com especialistas em "enrolation"? Estará Sandy pensando em entrar na faixa de mercado da Lady Gaga e da Britney Spears? Certo é que a eterna menininha mexeu com o imaginário masculino e bombou na mídia, especialmente nas redes sociais. Que espertinha! Agora só resta a Xuxa, a rainha-mãe, a tia virgem, apesar da filha, de um filme comprometedor e de alguns romances gelados, como modelo de um passado assexuado capaz de encantar... A quem mesmo? Sei lá. As crianças. Ou os marmanjos bizarros?

Sandy mudou. Como? Adotou um choque de erotização, também conhecido como enfiar o pé na jaca. Mereço destaque internacional por essa leitura radical e inédita. As ideias de Guy Debord mostraram-se tão terrivelmente justas que ele se suicidou. É a minha hipótese. Não pretendo seguir o exemplo dele quanto ao desfecho. De qualquer maneira, a sociedade do espetáculo chegou ao fim. A nova Sandy, a devassa, representa certamente o pós-espetáculo. Agora só falta o Júnior fazer a sua revolução. O que poderá ele dizer para superar a irmã e ocupar um novo nicho de mercado? Nem imagino. O papai, claro, está de olho nele.

Sandy me faz pensar muito em uma sacada de Debord: "O espetáculo não canta os homens e suas armas, mas a mercadoria e suas paixões". Obviamente que eu não me atreveria a comparar Sandy com uma mercadoria. Isso não!

Ponto de luz

Fui a uma joalheria comprar um ponto de luz.

Não, não me enganei de local. Sou meio distraído, mas nem tanto. É verdade que uma vez confundi um amigo, que sempre usava um casaco verde, com um orelhão. Havia um ponto em comum entre os dois: nenhum deles respondia quando a gente chamava. Desta vez, porém, não confundi joalheria com loja de material elétrico. Um ponto de luz é um brilhante. As mulheres sabem disso. Um diamante. Existem pontos de luz de muitos tamanhos, pontos e preços. Não é preciso ser milionário para comprar um. Entrei na loja meio de lado. Afinal, não é todo dia que eu compro um ponto de luz. Ensaiei antes a ação. Imaginei, com ar muito seguro e elegante, dizer assim:

– Olá, como vai, eu gostaria de ver os pontos de luz.

Temi que a vendedora me confundisse com um eletricista. Pensei em ir de terno e gravata. O problema é que eu não uso terno nem gravata. Na verdade, que eu me lembre, usei gravata duas vezes: uma, na Sorbonne, numa homenagem a Edgar Morin, e outra, em Brasília, num encontro de oito intelectuais brasileiros com Dominique de Villepin, ministro das Relações Exteriores da França, que depois foi primeiro-ministro. O Luiz Carlos Reche, que é um gozador, quando eu falei em ponto de luz no programa do Rogério Mendelski, já queria fazer um "gato". Preparei outra fala para a minha investida na joalheria. Algo mais descolado e de acordo com a minha roupa.

– É aí, eu queria dar uma espiada nos pontos de luz.

Sinceramente, entre nós, não me pareceu muito melhor. Desci do táxi, caminhei com passos firmes, localizei a joalheria. Avancei. Já estava menos firme. A vendedora veio na minha direção. Sorri e disparei:

– Pois é, eu queria... Sabe? Acho que é uma joia. Quer dizer, talvez... Bem, não sei bem... Um ponto de luz.

– Claro que é uma joia – disse a vendedora, gentil e sorridente. – É um brilhante... Um diamante...

Fiquei apavorado.

Um diamante?

Cheguei a me ouvir dizendo:

– Sou apenas um professor...

Felizmente isso ficou só na minha imaginação.

Escolhi o ponto de luz.

Saí da joelharia com um ar de homem novo. Naquele momento eu aliava o passado, o presente e o futuro. Bem, era assim que eu me sentia com algum exagero. Fui a uma floricultura encomendar orquídeas. Carregava o ponto de luz na mão. Quer dizer, numa bela embalagem da joalheria. Aquilo já aumentou muito o meu capital simbólico ao entrar na floricultura. Passei a tarde saboreando meu pequeno segredo. Cheguei com credibilidade. Foi tudo muito rápido. Dormi contente com a aventura. Acordei cedo. Antes de o relógio tocar. Cláudia e eu estávamos completando 20 anos de casados. Entreguei-lhe o presente. Disse-lhe algo bem simples: "Obrigado por estes 20 anos". Afinal, nesses 20 anos ela foi sempre o meu ponto de luz.

Não tenho vergonha de ser um romântico iluminado.

Réveillon da mídia

Esse negócio de fim de ano é, cada vez mais, um acontecimento da mídia sobre o qual a gente pensa a cada fim de ano. É um exemplo de como a imprensa cria o fato ou o transforma em evento. Começa com o termo "réveillon", importado do francês, que é uma estratégia de marketing, uma maneira de dar estatura ao que antes era apenas a virada ou a passagem de ano. Loucura total:

– Como foi a virada?

– Virada não, réveillon. Virada é coisa de mané.

– Aproveitou bem?

– Tomei todas e dormi pelas dez da noite.

– Perdeu o melhor? Que azar.

– Vi o réveillon da Nova Zelândia.

A palavra réveillon, para os franceses, é bem menos charmosa e serve para qualquer virada. O dicionário *Le petit Robert* define réveillon como refeição feita tarde da noite em qualquer momento do ano. Fala também em réveillon de Natal e do Ano-Novo. Enfim, uma noite em que se come tarde e se dorme de madrugada. Como se sabe, a mídia não vive sem clichês constrangedoramente edificantes ou edificadoramente constrangedores. Quase todo mundo se sente obrigado a participar desse jogo.

– Alô, Raul, estou te ligando para desejar Feliz Ano-Novo. Que seja um ano de muita paz, alegria e felicidade.

– Vai ter guerra.

— Hã!?

— Pode escrever aí o que vou dizer para ti: os Estados Unidos vão arranjar um pretexto para atacar o Irã.

— Ah, bom! De qualquer maneira, muita paz para ti.

— Vou me separar. Estamos quebrando o pau todo dia.

— Vou torcer para que as coisas melhorem.

— Disseste a mesma coisa na última vez, há um ano.

— Mesmo assim, que seja um ano de tolerância.

— Os muçulmanos radicais vão controlar o Egito. Os judeus ultraortodoxos, que são dez por cento da população do país, vão continuar a perseguir mulheres em Israel.

— Bem, boa noite.

— Vai ser difícil ter uma boa noite com metade do edifício ouvindo o show dessa tal de Paula Fernandes.

Fim de ano desperta também um lado muito particular das pessoas. A mídia resolve explorar assuntos diferentes e sai atrás de charlatães de todo tipo, que fazem as previsões estapafúrdias de sempre, jamais confirmadas, e receitam banhos exóticos. A taxa de acerto é sempre zero.

— E aí, como vai ser o réveillon?

— Estou otimista. Tomei um banho de 14 ervas.

— Não eram sete?

— Melhor não ser mão de vaca com a sorte.

O importante, dizem todos, é compartilhar emoções, passar bons momentos juntos, comemorar as vitórias do ano findo e pensar positivo para o ano que está começando.

— E aí, foi bacana o réveillon?

— Não vi nada.

– Dormiu antes?
– Assim fosse.
– Ficou doente?
– Nada. Estragou a televisão.

No olho da rua

Temos uma ideia preconceituosa dos que vivem em grande dificuldade econômica. Sentimos medo dos moradores de rua. Não dá para saber se é só temor de um ataque ou medo de que os tais descaminhos da existência nos levem a acabar como eles. O verbo que usamos, quando falamos disso, mesmo brincando, é esse dramático "acabar". A rua é, ao mesmo tempo, essa exterioridade cotidiana rotineira e esse abismo que nos escancara a sua boca pavorosa com poucos dentes e muitas cáries. O horror diante de nós. Uma das piores ameaças que se pode fazer a alguém é:

– Vou te pôr no olho da rua.

Pior mesmo, pela extensão e pelo conteúdo, é:

– Vou acabar com a tua raça.

Por que "olho"? Alguém poderia até responder:

– A rua é cega.

– Não, não, cegos somos nós que não a vemos bem.

– Enfim, essa expressão é do arco da velha.

– O problema é a rua do olho.

– A rua que temos no olhar?

– Está ficando inteligente, velho!

As ruas guardam histórias incríveis de dignidade e de perseverança dos modos e rituais de todo mundo. Há mais de 20 anos, repórter e estudante de antropologia, apaixonado pelos imaginários dos "esquecidos de Deus", para usar o título do livro do grande escritor egípcio Albert Cossery, fiz uma série de reportagens e publiquei um livro intitulado *A noite dos cabarés*, que está esgotado. Aprendi muito naqueles dias conversando com gente que antes me era inacessível. O que mais me chamou a atenção foi uma vontade arraigada de permanecer vivo, um gosto pela vida, um fatalismo doído e renovador. Estive nas ruas e em desvãos, as chamadas instituições totais, por exemplo, um hospital psiquiátrico, que é uma espécie de rua coberta. Cada morador de rua marca o seu território, cria o seu lugar, produz sua identidade.

Faz pouco, moradores de rua ou catadores de material reciclável fizeram um churrasco na avenida Mauá, em Porto Alegre. Uma confraternização de começo do ano. Festão de arrasar quarteirão. Apesar do que dizem os alarmistas, sempre denunciando o hiperindividualismo, somos, como sustenta o filósofo francês Michel Maffesoli – filósofo francês é redundância, pleonasmo ou hipérbole? –, tribalistas. Queremos contato com outros e gostamos de compartilhar. Salvo os que têm muito. Tarde dessas, caminhando pela cidade, numa praça meio abandonada, em esquina importante, vi uma mesa posta, com toalha branca e tudo. Sou curioso e maldissimulado. Fiquei espiando.

– Está servido? – perguntou-me a dona da casa.

Fiquei constrangido. Tinha galinha assada. Cheirava bem. Confesso que me senti tentado. Temi, como bom indivíduo de classe média, que alguém me visse ali participando do banquete dos excluídos. Ia pegar mal.

– Já almocei.

– Mas tá magrinho.

– De ruim.

– Então, Feliz Ano-Novo.

A culpa é dos telômeros

Li que já nasceu a criança que viverá 150 anos. Ainda não se sabe quem é nem se isso será um ganho ou um pesadelo para ela. Certo é que a ciência está no encalço do aumento da expectativa de vida e também do bloqueio ao envelhecimento. Dentro de algum tempo, a adolescência terminará aos 45 anos, quando, então, o pessoal sairá de casa e tentará arranjar um emprego. O grande problema continua sendo o maldito desgaste do corpo e das células. Já é praticamente certo que existe um vilão. E esse vilão não é o Naji Nahas, bola da vez neste momento em que escrevo, embora não fosse má ideia meter essa culpa nas costas dele também e do juiz que concedeu reintegração da posse à sua massa falida em Pinheirinho. O vilão pode ter sido identificado pelos cientistas. Ele tem nome. Não sei se tem sobrenome também. No Brasil, com certeza, terá apelido: Tel. Os vilões podem ser os telômeros. Isso mesmo. Nem desconfiava? Nem eu, claro.

Utilidade pública só prestada por uma crônica como esta, que oferece serviços inestimáveis aos leitores: os 23 pares de cromossomos possuem extremidades protegidas por fileiras de DNA (se dependesse de mim seria ADN). Essas estruturas são os telômeros. Ah, bom! Muito prazer. E daí? Bem, daí que cada vez que uma célula se divide – elas são piores do que alguns partidos brasileiros em se tratando de divisões – os telômeros encolhem um pouco. O sujeito morre quando não há mais como dividir seus telômeros. A proximidade da morte é quando aparece um telômero com perna curta. Assim fica mais claro entender como marchamos para o fim. Estou levando na brincadeira, mas é sério. A gente sempre culpa o coração, os pulmões, os rins, o fígado e por aí afora pela morte. Pois é hora de pensar nos telômeros. A identificação dos vilões é um bom caminho para tentar se chegar a uma solução. Só espero que os cientistas, se conseguirem controlar o encurtamento mortal dos telômeros, não venham a ser culpados pelo rombo da previdência do futuro próximo.

Nossos netos viverão o dobro do tempo. Poderão ver o BBB148 e o centésimo título brasileiro consecutivo do Corinthians, salvo se houver alternância com o Flamengo. Nem tudo, porém, será assustador assim. Haverá mais tempo para vadiar, ver o pôr do sol, não necessariamente o do Guaíba, e conversar com os amigos. Será que os nossos descendentes verão outros episódios lamentáveis como o do despejo de coitados em Pinheirinho? Depois de Eldorado do Carajás, do massacre da Cinelândia, do fiasco do Inter contra o Mazembe e do Carandiru – a lista pode ser interminável –, Pinheirinho entra na galeria da barbárie verde-amarela em lugar de destaque. Parece que os telômeros dos que cometem brutalidades injustificadas como essa encurtam lentamente. Deveria ser o contrário.

Vamos viver mais. Para chegar lá precisamos lutar contra a divisão desenfreada das nossas células, contra o encurtamento dos nossos telômeros, contra a especulação financeira internacional, contra as decisões absurdas de justiça e até contra a falta de sensibilidade dos donos do poder. Estamos avançando muito quanto aos telômeros.

Não ao fascinator

Depois de dois dias de volta das férias, com tardes de longa e penosa reflexão no Caribe, voltei em forma para localizar e atacar os assuntos de maior interesse internacional. Alguns temas, embora importantes, já haviam se tornado clichês, como a violência na Síria, onde um ditador estúpido, com cara de psicopata, estava matando a população protegido pela indiferença de algumas potências mundiais ou com o apoio descarado de outras, feito a Rússia. Havia também a crise da Grécia, provocada por uma inserção artificial na União Europeia e pelo desejo dos poderosos de que tudo se resolvesse botando o pepino no rateio da massa. Os banqueiros teriam de abrir mão de uma parte dos juros abusivos que cobravam por seus generosos empréstimos aos taipas dos gregos modernos.

Tudo isso é fichinha perto do assunto que realmente me chamou a atenção: a proibição do fascinator no Royal Ascot. Eu não tenho preconceitos. Interesso-me por tudo. Tenho um espírito aberto ao universal. Apesar de achar a monarquia a instituição política mais idiota da história da humanidade e de considerar a existência de uma monarquia no século XXI uma prova da imbecilidade humana, presto atenção aos eventos da monarquia inglesa, chefiada por uma senhora que adora cores calcinha. O Royal Ascot é uma corrida de cavalos criada há 300 anos pela rainha Anne, uma mala que entrou para a história por ter conquistado o Suriname para a Inglaterra e por ter inventado ou turbinado a compra de parlamentos, oferecendo-lhes lautos jantares e presentes caros. Foi uma precursora dos mensalões. Em 1711, ela lançou o seu grande evento, em que as damas devem comparecer com chapelões e ditar moda. Tem algum espaço para a plebe. A nata da nata, claro, fica num tal de Royal Enclosure.

Pois doravante está proibido o fascinator, aquele chapeuzinho de prender cabelo tão usado pelo novo bibelô da realeza britânica, a princesa Kate, a plebeia que virou nobre etc. e tal, objeto mais cobiçado e paparicado pela mídia doida por uma conversa fiada e por vender besteirol para moçoilas românticas e para adoradores de hierarquias seculares. O fascinator está out. Como diria um famoso capacho de narrador de futebol, a regra é clara (na sua obscuridade ou falta de definição): não se aceita nenhum acessório para cabeça inferior a dez centímetros. Tradição é tradição. Não se discute. Tem de se matar o touro com estilo. E impressionar o mundo com a circunferência dos chapéus. A monarquia inglesa está atenta aos seus mais sagrados deveres. Sabe que a sua permanência depende da atualização das suas frivolidades, também chamadas de rituais. O trono britânico está salvo.

Kate andou exagerando. Usou fascinator em onze aparições públicas em 2011. Pior, muito pior, terrivelmente pior, avassalador: repetiu uma peça em três eventos sociais. Cultura de pobre. Uma princesa nunca se repete. Parece enfadonhamente sempre a mesma, o mesmo sorriso, a mesma falta do que dizer, a mesma insignificância, mas quem sabe olhar, por exemplo, a mídia, a vê de outro modo. Eu, plebeu grosseiro, me pergunto: até quando esses parasitas serão sustentados?

Vivi o suficiente para ver o fim do fascinator.

Google, o espião

O google superou os enciclopedistas. Depois de Diderot, D'Alembert e outros iluministas, a ilustração total. Fiat lux. O conhecimento ao alcance de todos.

Muita gente ainda não entrou na era internet, mas a internet já entrou na era da gente. A tecnologia muda até mesmo o mundo das pessoas que não a utilizam. Uma tecnologia, pode, por exemplo, eliminar certas profissões. Surgem outras. O professor de datilografia está no museu com suas máquinas flamantes. Quem está na internet usa o google. É inevitável. Já existe até o verbo "googlear". Esse negócio de verbos é engraçado. Paulista tem uma maneira muita particular de conjugar. Não diz "cornetear", mas "cornetar". Fala "Fulano corneta Beltrano". Bizarro. Carioca não sabe o que é "chinelagem". Paulistas e cariocas praticam o bairrismo cosmopolita. Só as suas expressões são nacionais. O assunto é outro: google é um espião. Rastreia tudinho.

Coleta os dados de cada usuário, do tipo de computador usado aos assuntos pesquisados, dos números de telefone contatados ao idioma, dos erros acontecidos com o computador ao lugar onde a pessoa se encontrava. Tudo. Rastreia, armazena e utiliza. Nem precisa de autorização judicial. O olho espião do google aumentou com a criação da "identificação única do usuário", uma espécie de cadastro unificado reunindo todos os dados de uma pessoa, mesmo que ela entre na internet com nomes diferentes. Para não ser rastreado o usuário precisa saber desabilitar um negócio chamado "cookies". Para isso, bem entendido, necessita saber o que são cookies. A prática é de atirar primeiro e perguntar depois se está tudo bem. Como a maioria não sabe da existência de olhinhos espiões chamados cookies, o rastreamento é inevitável. Qual o problema? Os dados de cada um deixam de ser privados.

É certo que esse é o sonho de muitos. Perder a privacidade. Cair no domínio público. O google espião não torna ninguém famoso. Apenas facilita coisas como o bombardeio de publicidade personalizada. A pessoa começa a pesquisar na internet sobre mudança de sexo para um trabalho erudito e, de repente, surgem do nada links sobre boates para encontros sem preconceitos em Dubai. O google é o Big Brother. Sem prêmio de um milhão. Há quem nada tenha a esconder ou nada a mostrar, o que pode ser desesperador. Um articulista disse ontem que a internet está parecida com o Velho Oeste, um território sem lei. Acho que está mais para um imenso Paraguai. Eric Schmidt, presidente do google, disse que "quem tentar restringir a internet vai falhar". Restringir, no jargão adolescente dos deslumbrados ou dos beneficiados, significa regulamentar. A internet é um gigantesco campus da USP.

Quem fala em regulamentação é rotulado de reacionário, atrasado, velho, não entendeu a internet, esse papo furado de quem só quer levar vantagem em tudo e confunde juventude com inteligência. O argumento mais usado é de que regulamentar serve aos interesses de terríveis corporações capitalistas. Ainda bem que o google é uma microempresa socialista autogerida por seus funcionários e sem fins lucrativos. Existe apenas, da mesma maneira que Megaupload, para realizar um ideal de fraternidade: o compartilhamento do conhecimento livre.

O terrível fim de Bin Laden

Bimbar pode ser muito bom.

Bimbaladar todo tempo pode ser um pesadelo.

O terrorista Bin Laden teve o fim que merecia. Trancado numa casa grande com suas três mulheres e uma filharada. Um inferno terreno. Sem poder sair para encontrar os amigos nem participar esportivamente de algum atentado para manter a forma. Talvez tenha ficado aliviado com a chegada dos americanos que o mataram. Esses muçulmanos são umas figuras. Acham-se no direito de ter quatro esposas – ou mais –, mas elas não podem ter quatro maridos. Espertalhões. Alguns antropólogos relativistas recusam que se critique a cultura dos outros. Dão até um nome a esse pecado: etnocentrismo. Em alguns casos, é preconceito mesmo. Em outros, é simples desmascaramento da dominação historicamente construída. Temos as nossas sacanagens. Mas elas não absolvem as alheias. Bin Laden se ferrou. Foi entregue pela sua terceira esposa. Nem com pílulas azuis ele daria conta.

Fico imaginando a tortura a que foi submetido o monstro sanguinário. Três mulheres num recinto fechado, como ratos no cativeiro, brigando por ele, batendo boca, exigindo atenção, cobrando desempenho equivalente, disputando pequenas distinções e falando sem parar, implicando umas com as outras e principalmente com ele. Visão machista? Pode ser. Mas nem por isso distante da realidade, sabendo-se que toda realidade é cultural. Parece que o terrorista estava meio demente. Como poderia ser diferente? Tudo mundo sabe que ficar encerrado com três esposas e a filharada enlouquece. Depois ainda acusam os Estados Unidos de tortura. Se quisessem torturar Bin Laden, tinham deixado que ficasse lá com suas mulheres por mais 15 anos. Fico imaginando a logística da coisa, o rodízio, a ordem de atendimento às senhoras. Entre nós, está mais do que na hora das muçulmanas acabarem com a moleza dos seus barbados barbudos. Sugiro um verão árabe escaldante: chifre neles!

É sabido – cherchez la femme – que sempre tem mulher no meio de qualquer desfecho. Querer que três mulheres e um homem mantenham um casamento sem ciúme é utopia. Mesmo que seja na marra e na tradição. Bin Laden deve ter dado liberdade demais às suas esposas, permitindo que manifestassem sentimentos. Uma noite em que deve ter dito que estava com dor de cabeça ou que preferiu ver algum jogo do Barcelona no satélite custou-lhe a vida. Já imaginou, caro leitor, três esposas na TPM ao mesmo tempo? E a filharada jogando Mortal Kombat o dia inteiro? Ninguém merece um destino desses. Quer dizer, só um fanático e impiedoso assassino de ocidentais inocentes no coração do Império. Há quem diga que foi tudo planejado pela CIA, numa estratégia mais cruel que a de Guantánamo.

Osama Bin Laden aqui fez e aqui pagou.

Foi cozinhado em fogo lento e depois executado à queima-roupa, traído por uma mulher que, se o traísse com um homem, morreria. O corpo desapareceu. Pode estar numa geladeira americana. Bin Laden teve o fim que merecia. Deve estar no paraíso islâmico com uma penca de mulheres.

Biritiba e Barcelona

Examinei o fato com distanciamento crítico.

Chamou muita atenção o projeto de lei do prefeito de Biritiba Mirim, em São Paulo, proibindo, por falta de espaço no cemitério, os cidadãos de morrer. Tem gente que não pensa noutra coisa. Fica difícil para qualquer planejamento municipal. Era mais uma lei para não pegar no Brasil. Biritiba Mirim já fez parte de Mogi das Cruzes. Pelo jeito, continua o seu processo de emancipação. Cruzes, nunca mais. Até aí, bem pensado, nada demais. Afinal, Biritiba Mirim é um ajuntamento de 28.573 almas (com a proibição de morrer esse dado deve permanecer inalterado) cujos limites são Bertioga, Guararema e Salesópolis, além, claro, de Mogi. O problema é que a grande Barcelona, na Espanha, quer adotar, com a melhor das intenções, uma lei também fadada ao fracasso.

Barcelona quer abolir a prostituição. Trata-se de algo tão exequível quanto abolir a segunda mais antiga profissão do mundo, no dizer do falecido Paulo Francis, o jornalismo. O mais interessante é a justificativa. A municipalidade catalã quer abolir a prostituição por uma questão de civismo. Dar um pulo à zona é antipatriótico. Será que há muita bandeira sem mastro? Ou muita bandeira a meio-pau? Ou não se canta o hino antes do ataque final? O assunto é muito sério e politicamente correto. O conselheiro do Bem-Estar Social e Família, Josep Lluís Cleries, defende que essa ideia altamente moral está em conformidade com "o estado ideal último da abolição". Morrer, em Biritiba Mirim, e pagar para gozar, em Barcelona, prejudicam o bom andamento da vida social.

A capital espanhola, a radiosa Madri, também pretende atingir o mesmo objetivo. A explicação da prefeita Ana Botella explicita a luta de classes na sexualidade: "Sou contra legalizar a prostituição. Só teria sentido para quem a exerça como uma decisão livre, talvez alguns casos de prostituição de luxo, mas para a imensa maioria o que vemos é a forma mais vil de escravidão que as mulheres sofrem no século XXI". Só falta combinar com os russos. Quer dizer, com as espanholas. Tanto que será necessário saber se a boa intenção "não menospreza os direitos fundamentais das afetadas". Os holandeses, por exemplo, consideram esse tipo de intenção ou de lei um atentado à sagrada liberdade individual do uso do próprio corpo para fins comerciais ou, numa linguagem mais economicista, um golpe contra a lei da oferta e da procura. No popular, ninguém pode impedir um adulto de dar ou vender o que é seu. Pode convencê-lo.

Há algum tempo, na Holanda, a revista *Foxy* (um nome sonoro) comemorou sua centésima edição com uma promoção marcante: ofereceu ao vencedor de um concurso uma hora com uma prostituta, Priscilla, que cobra o equivalente a R$ 485 por programa. O patriotismo nunca foi o forte dos holandeses. Sempre se concentraram mais nos negócios. Deve ser por isso que nunca tiveram um Franco no poder. Barcelona quer acabar com a prostituição de rua. Amsterdã fez isso colocando as prostitutas em vitrines. Cada cultura com a sua visão de mundo e com os seus métodos. O orgasmo é chamado de pequena morte. Daí a relação entre Biritiba Mirim e Barcelona. Uma questão de plano diretor.

Diante da assombração

Estava escuro.

Não me assustei. Não temo assombração.

Temo a Hebe Camargo e a Luciana Gimenez.

Estava escuro. Mas nem tanto. Dava para ver um palmo adiante do nariz no lusco-fusco da hora incerta dos tempos que correm ou voam. Era o suficiente para ver o monstro resfolegando, estrebuchando, babando, escoiceando, vomitando impropérios. Sim, o monstro falava. Não, sejamos francos, direitos, na bucha, sem meias palavras nem palavras pelo meio, o bicho discursava como se fosse uma cruza de Fidel Castro com a Ana Maria Braga. Soltava fogo pelas ventas e vento pelos olhos de fogo, dois tições iluminando a cara rubra de raiva. Bota raiva nisso. Raiva de tudo, de nada. Não tinha chifres nem rabo. O estranho era isso. Em princípio, parecia normal, apesar do gel no cabelo e do rabinho de cavalo.

Escarvava, fungava, escoiceava.

Fiquei, por fim, assustado.

Depois, mais calmo, fiquei observando.

A besta falava sozinha contra tudo e todos. De três em três minutos, deixava escapar um grunhido, um gemido, um estampido, um ronco. Custei a compreender a sua linguagem, mescla de economês com juridiquês, mistura de relincho com zurro, até que, apertando o ouvido, decifrei algumas palavras, que desciam quase concretamente, como uma gosma, pelo canto da sua boca. O resto veio por analogia. O mais impressionante é que, nos piores momentos, ele roía os cadarços dos sapatos sem se abaixar. A gravata de grife italiana arrastava no chão.

O bicho cuspia na gravata sem levantar o focinho.

O monstro furioso destilava ódio contra o estado das coisas, a crise moral, a perda de referências, o avanço do comunismo, a falta de ética, o consumismo, novamente o comunismo, a corrupção, novamente o comunismo, a corrupção, novamente o comunismo etc. Bufava e citava a revista *Veja*, que brandia como uma arma ou um instrumento sagrado, pisoteando a *Carta Capital*, invocando Olavo de Carvalho, Reinaldo Azevedo, Merval Pereira, Pondé. Ficou um tempão vociferando contra a Comissão da Verdade. Nessas alturas, tendo compreendido tudo, eu sorria.

Era só um lacerdinha em surto.

Foram preciso 18 homens para enfiar-lhe a camisa.

Falo, obviamente, da camisa de força.

Camisinha? Nem pensar.

Somos todos vadias

Sou uma vadia.

Quero liberar tudo, das drogas ao aborto.

Em defesa de Dani, o vermelho, os jovens franceses de maio de 1968 gritavam: "Somos todos judeus alemães". Eu quero gritar agora: "Somos todos vadias". Quase 50 anos depois, as ideias de 68 ainda estão sendo implantadas. A Marcha das Vadias é um dos mais importantes movimentos contra o machismo, a caretice e a estupidez. Achar que mulher pode ser agredida por usar roupas provocantes é mais uma dessas marcas históricas de sociedades dominadas por seres portadores de cérebro de ervilha. Deu. Os tempos são outros. O moralismo impositivo não emplaca mais. As proibições não convencem.

Sim, eu sou uma vadia.

Criminalizar as drogas já provou a sua ineficácia. Cria-se um crime e, graças a isso, outros, muito piores, são ampliados. Homens inteligentes como Bill Clinton e Fernando Henrique Cardoso, que de radicais não têm sequer o passado, já se convenceram de que o combate às drogas pela repressão deu os doces. O próprio princípio filosófico da coisa é falacioso. É comum que um inimigo total da intervenção do Estado na economia seja defensor da intervenção do Estado na vida privada das pessoas. Ultraliberais econômicos podem ser radicalmente estatizantes em comportamento. Dos outros. Não cola mais. Chegou o tempo absoluto do convencimento. O cigarro e o álcool não devem ser proibidos. Precisam permanecer legais e ser objetos de campanhas permanentes de desestímulo ao consumo. O mesmo deve valer para outras drogas. Ninguém deve ser reprimido por consumir. Não funciona. E atinge um direito individual inalienável.

Eu sou uma vida.

Posso ser tão sério quanto um rábula.

Cada um faz o que quer do seu rabo.

Digo isso e acrescento: consumir drogas que causam dependência é uma idiotice. É uma doença? É uma prática que pode se tornar, em alguns casos, rapidamente uma doença. Somos todos vadias. Quase todos nós temos um vício secreto. O vício de alguns é não ter vício. Queremos menos hipocrisia. A sociedade pós-moralista pergunta: por que álcool pode e maconha não? Alguém pode seriamente responder que álcool faz menos mal? Ou provoca menos dependência? Ou mais lentamente? Ou será que álcool pode por ser um negócio estabelecido altamente rentável? Não fumo. De tipo algum. Não condeno quem o faz. Bebo moderadamente. Descreio das razões e dos resultados da repressão ao consumo de drogas. É preciso proteger crianças e adolescentes, convencer adultos a brincar de outra coisa, usar a razão e a argumentação.

Reprimir é uma ideologia do século XIX. Michel Foucault, talvez o mais importante filósofo e historiador do século XX, mostrou a origem e as finalidades das instituições totais, destinadas a conter os incômodos, dos doentes mentais aos assassinos. Uma especialista no assunto me disse outro dia: "O louco de hoje, para quem pensa em termos de isolamento e repressão, é o drogado". O crime, como a língua, pode ser uma convenção. Os homens estabelecem o que é certo ou errado. Podem mudar as regras. Estamos na era do convencimento. A repressão não convence. Somos todos vadias. Queremos mais autocontrole do que controle, mais argumentos do que proibições, mais coerência e menos moralismo. Questões de saúde pública não se resolvem com armas pesadas e mais polícia na rua.

Os lacerdinhas pregam moral de calcinha.

A calcinha sem dona da Câmara dos Deputados.

Somos todos vadias. É hora de sair do armário.

A mulher das malas

Poderia ser o título de um romance policial de Georges Simenon: *A mulher das malas*. Ou *O caso das malas*. Assim como ele escreveu *O homem do banco*. Nos livros do grande Simenon há sempre uma pergunta explícita ou implícita: por que o homem mata? O crime de São Paulo, esse em que a mulher matou, esquartejou o marido e transportou o corpo em três malas, todo mundo está se fazendo a mesma pergunta: de onde uma mulher tira coragem e habilidade para esquartejar o marido dentro de casa? Há quem não suporte sequer a visão de um cadáver. Mais complicado ainda é se ver sozinho diante de um morto. Agora, arrastar o presunto e esquartejá-lo como um boi exige técnica, perícia, frieza e, talvez, uma raiva fria.

"Raiva fria" é uma expressão da qual tomei conhecimento pela boca de um velho policial quando estava escrevendo meu romance *Adiós, baby*. Segundo ele, em certos crimes só essa tal raiva fria explica o impossível. A assassina de São Paulo conhecia técnicas cirúrgicas para cortar o corpo. Ela, o marido e a filha viviam num apartamento cheio de armas. O sujeito teria lhe dado um tapa na cara antes de receber o tiro fatal. Ela o teria matado por ciúme. Até aí, de certo modo, só mais um crime passional na interminável história dos crimes passionais. O que chama mais a atenção, contudo, é uma mistura de extrema frieza com estupidez. Há, claro, a estupidez do ato criminoso, que destrói a vida da vítima e também, de alguma forma, a do criminoso. Mas há também a estupidez dos procedimentos para encobrir o crime.

A assassina mostrou aparentemente certa burrice estonteante. Saiu com malas, sob o olhar das câmeras de segurança, e voltou inexplicavelmente sem elas já com a notícia do desaparecimento do marido correndo. Depois, doou armas para a guarda de São Paulo chamando a atenção para si. Meu inspetor particular, René Manhãs, diria: ela não o esquartejou para esconder o corpo, mas para completar a sua vingança contra o homem que a traía. Diria mais: ela queria ser presa, buscava o reconhecimento público pelo seu ato, desejava inconscientemente que todos soubessem do que fizera. Pode ser. A cena macabra, porém, da mulher esquartejando o cadáver no quarto da empregada cola na retina de qualquer um. Como conseguiu? Como não se esvaiu vomitando? Como não desmaiou? Como não se pôs a gritar como uma louca?

Outro olhar sobre esse tipo de situação dispara logo um diagnóstico: doença. Uma psicopata. Entre perder o marido para outra e fazê-lo desaparecer, fez a segunda opção. Por um segundo, ao menos, muita gente pensa: que medo! E se um dia isso acontece comigo? Se mato, se morro? Viver é realmente uma grande aventura cotidiana. Não se está seguro em lugar algum. O fim pode chegar logo depois de uma pizza entregue por um motoboy. O assassino pode dormir na mesma cama da gente. Ou ser a gente. Alguns se tranquilizam lembrando que não conseguem destroçar sequer uma asa de galinha. Fica a pergunta: por que uma mulher esquarteja o homem que pensa e diz amar?

Melhor dormir com um olho aberto.

A guriazinha do São Caetano

Cabeça de cronista é assim.

Sempre especulando, inventando conexões, procurando relações, imaginando coisas, escrevendo sobre coisas sem importância, dando tratos a bola sem bola aos críticos.

Durante um ano, peguei, com frequência, o ônibus São Caetano, na Osvaldo Aranha, até o centro de Porto Alegre, pelas vinte para as oito da manhã. Comecei a notar, até mesmo escutar, uma dupla (um casalzinho?), um par, enfim, um menino e uma menina, pelos 13 ou 14 anos de idade (talvez 15), que já se encontravam no ônibus e desciam, com suas mochilas de estudantes, na parada do Instituto de Educação. Ela, bonita, morena, cabelo muito liso, óculos com visual moderno, arrojado, tendência, tipo, como se dizia antigamente, óculos de gatinho.

Ele, mais alto do que ela, loirinho, quer dizer, clarinho, parecendo bem mais jovem, cheio de ginga e bossa. Dava gosto ver a alegria deles, ouvir os comentários sobre professores, disciplinas, jogo, moda.

A partir de certa semana, já não eram só os dois. Apareceu outra menina, aparentemente mais velha. Comecei a me acostumar com os três. De repente, a guriazinha dos óculos de gatinho sumiu. Comecei a ver só o guri e a outra. Que teria acontecido? Teriam brigado? No princípio, pensava que eles eram irmãos. Depois, achei que eram namorados. Teriam se separado por causa da outra, pois eu só conseguia chamá-la assim? Tentei ver algum traço de tristeza no rosto do menino. Nada. Ria como sempre e falava algumas gírias. Esqueci. Certa manhã, perdi o São Caetano. Peguei o São Manoel. Lá estava a menina, sozinha, com seus óculos de gatinho. Teria mudado de casa? Teria mudado de ônibus para não ver seu namoradinho com a outra? Quase me levantei para perguntar. Contive-me. Ela ia tomar um susto, achar que eu era pedófilo, estranhar muito. Fiquei ensimesmado.

Passou o tempo. Vez ou outra, aparecia uma imagem na minha cabeça sem que eu conseguisse identificá-la. Tinha esquecido. Até que me veio. Era a guriazinha do São Caetano. Quase no final do ano, pouco antes de as aulas terminarem, vi novamente os dois, ela e o guri loirinho, sem a outra, rindo, tagarelando, brincando, no São Caetano. Teriam voltado? Estariam em recuperação? Ainda existe recuperação? Ainda se usa essa palavra? Será recuperação uma palavra capaz de soar como segunda época soava aos nossos ouvidos de ginasianos, palavra que também soa como bonde? Observei os dois. Tudo normal. Ela teria exigido exclusividade no ônibus? Falavam de matemática e geografia. Confesso que espichei o ouvido. Por que teriam andado algum tempo em ônibus diferentes?

Inventei mil histórias para explicar a breve separação daqueles dois lindos e alegres meninos. Numa delas, nada original, era a mãe que descobria o namoro e a obrigava a trocar de linha de ônibus. Noutra, eles voltavam a ser irmãos e ela trocava de ônibus para deixá-lo à vontade com a amiguinha por quem estava apaixonado. Nunca ouvi seus nomes. Uma vez, ouvi-os falarem das modernas técnicas de colar em provas. Jamais consegui imaginá-los colando. Nesta semana, entrando no São Caetano, pensei neles. Devem estar nalguma praia. Juntos? Crônica é assim. Não nos deixa em paz enquanto não sai.

Ainda encontro o menino do São Caetano.

O que terá acontecido com a menina?

Ainda vou perguntar a ele.

Senso de humor

Adoro pesquisas. Elas costumam revelar o nosso lado bizarro. Eu sou bizarro. Escondo meu rabo sob a calça.

Ando sempre atrás, como dizem os franceses, de novas sondagens. Saiu uma agora, feita pelo Instituto Gallup Internacional, sobre o índice de otimismo econômico de cada país. Sou otimista: uma pesquisa dessas deve servir para alguma coisa. A Nigéria aparece no topo. Tem a população mais otimista do mundo. A turma vive rindo de nada. E é de rir mesmo. A renda per capita da Nigéria é de 2.035 dólares. A França, primeiro colocado no ranking do pessimismo, só para fazer um contraponto, tem renda per capita de 33.679 dólares. A Nigéria é o oitavo país mais populoso do mundo, com 148 milhões de otimistas. A maior parte desses otimistas vive na pobreza absoluta. Prova, certamente, de que dinheiro não traz felicidade. O analfabetismo atinge quase 30% desses seres dotados de espírito positivo. Não se deve confundir a Nigéria com o Níger, outro país africano, bem mais pobre e estranho.

Não localizei o índice de satisfação do Níger, cuja renda per capita é de 738 dólares e cuja taxa de analfabetismo é de quase 70%, uma das mais altas do planeta, com dois terços do território no deserto de Saara, onde o espaço para espichar as pernas e respirar ar puro deve contar bastante para se estar sempre com fé no futuro. O segundo colocado no índice de otimismo é o Vietnã, cujo nome aparece associado à guerra em que deram uma de Mazembe para cima dos Estados Unidos. É um país comunista com regime de partido único. Por lá, o otimismo faz parte das obrigações cívicas. Ser pessimista é considerado crime de lesa-pátria. O terceiro colocado em otimismo é Gana, que tem gana de tudo, principalmente de desenvolvimento. Em Gana, na capital, Acra, vive uma comunidade chamada "Tabom", formada por libertos que retornaram do Brasil para a mãe áfrica. Não tem como estar ruim, pois antes era pior. O lema de Gana diz tudo: "É melhor ser independente para governar sozinho, bem ou mal, do que ser governados pelos outros". Tá bom, não é?

O quarto do ranking dos de bem com a vida é a China. O Brasil aparece em quinto, o que nos deixa extremamente pessimistas, pois estávamos certos de que levantaríamos essa taça. Afinal, somos bons de bola. No ranking do pessimismo estão, pela ordem, França, Islândia, Reino Unido, Romênia e Espanha. O pessimismo é o esporte mais popular da França, na frente do futebol, da bocha, do rúgbi e do levantamento de baguettes e copos de vinho. Outra pesquisa, da Universidade do Minnesota, afirma que os otimistas vivem mais e melhor. Muito curioso. A expectativa média de vida na França, campeã em pessimismo, é 80,7 anos. Já na Nigéria, troféu do otimismo, não chega a 47. Deve ser um pequeno problema de amostragem ou de metodologia. A conclusão de tudo isso é simples: quanto mais rico, mais pessimista. Quanto mais pobre, mais otimista. Quem nada mais tem a perder pode-se dar ao luxo de levar a vida numa boa, sem lenço nem documento, uma mão na frente e outra atrás. Esperando.

Godot?

A dança dos signos

Desabou uma das últimas ciências positivistas: a astrologia. O marxismo foi para o saco antes. Pesquisadores do Planetário de Minnesota descobriram que estava tudo errado no zodíaco. Deve ser por isso que as previsões nem sempre coincidiam com a realidade. Segundo os astrônomos, há um problema histórico: só foram levadas em consideração 12 das 13 constelações. É um erro antigo e babilônico de consequências globais. Ficou de fora certamente o signo mais importante: serpentário, cujo símbolo é a cobra. Os babilônios esconderam a cobra. Terá sido por gosto? Como puderam esquecer o que caracteriza metade da humanidade? Os nascidos sob o signo de serpentário têm a língua viperina e venenosa? São capazes de rastejar por amor? Costumam ser desconfiados e duros?

A segunda novidade é que o alinhamento das estrelas mudou. Como certamente você sabe, a Terra se move, salvo na Bahia ou no Brasil na época do carnaval. O deslocamento é de um mês. O tempo de cada signo ficou mais curto. Mas isso não deve ter influência no fator previdenciário. É a aceleração hipermoderna. Ninguém aguenta mais um mês inteiro para um único signo. Alguns foram promovidos. Outros, rebaixados. Tenho um amigo que finalmente deixou de ser Virgem. Virou Câncer. Ainda não sabe se ganhou ou perdeu. Haverá resistência às mudanças. Nós, aquarianos, signo charmoso, celebrado na era de aquário, de gente como

Romário, Ronald Reagan e eu, ilustres do passado e do presente, não vamos aceitar passar à condição de capricornianos portando chifres.

Os astrólogos podem não concordar com a novidade, mas precisam ver o lado positivo da coisa: todo mundo terá de fazer um novo mapa astral. Essa descoberta vai movimentar a economia astrológica. Tem gente tão perdida que precisa de mapa astral com GPS. A mudança no zodíaco nada tem a ver com o aquecimento global, embora o sol não esteja, segundo os astrônomos, onde os astrólogos costumam situá-lo. Definitivamente não se pode confiar em coisa alguma. Quem é de serpentário? Quem nasceu entre 29 de novembro e 17 de dezembro. Chato é, depois de ter ouvido uma vida inteira, "mas isso é bem coisa de aquariano", saber que se é de capricórnio. É crise de identidade certa. Ainda bem que aquário não virou peixes nem vice-versa. Se fosse numa novela, isso aconteceria.

Algumas pessoas levarão algum tempo para se acostumar com o novo signo, especialmente os de serpentário. Podem estar certos de que vai ter cobra no armário. Qual o seu signo? Bem, ainda não olhei a nova tabela. O problema é assumir e ouvir aquela respostinha sacana: "Bem vi que você tinha cara de ofídio". Ser o cobra é bacana. Ser cobra nem tanto. Pior mesmo é a situação de quem perdeu duas posições. Para evitar problemas judiciais, será aplicado o princípio da não retroatividade: os novos signos e datas só valerão para quem nasceu a partir de 2009. Será facultativo permanecer em duas casas, o que já é costume em certos signos.

Que revolução!

Revolução francesa

Ah, essas francesas! Não param de aprontar. Primeiro, leram Simone de Beauvoir, acreditaram que não se nasce mulher, mas que isso vem com a cultura, e rasgaram sutiãs na Bastilha. Depois, perderam o gosto pelo casamento com papel assinado e aderiram ao concubinato por ser mais prático e mais realista. Desde os tempos de Balzac, segundo os mais cínicos, os franceses separam com facilidade amor, sexo e interesses familiares. Alguns chegam a dizer que a família francesa típica é formada por marido, mulher e amante. Vejam que amante tem a vantagem de ser sexualmente indefinido. Pode ser o amante da mulher, a amante do marido, a amante da mulher ou o amante do marido. Mas isso é só literatura.

As francesas estão é fazendo uma revolução silenciosa. Quer dizer, nem tão silenciosa assim, pois tem choro de criança na parada. A situação é a seguinte: as mulheres francesas estão entre as que mais trabalham na Europa (80% delas exercem alguma atividade remunerada). E, ao mesmo tempo, entre as mais férteis do Velho Continente. A taxa de natalidade na França deu um salto. Está em 2,01 filhos por mulher. Tudo indica uma retomada do gosto pela coisa. Vejam que fenômeno: essas mulheres encontram tempo para reclamar – essa é uma arte bem francesa –, trabalhar fora, ter filhos e atender aos apelos governamentais para renovar a população. Os franceses são práticos. As francesas, mais práticas ainda. Ter um segundo filho pode ser um ótimo negócio.

As ajudas governamentais para famílias com mais de um filho podem ser variadas. Um exemplo: ajuda-nascimento ou recepção à cegonha: 903,07 euros. Nasceu, ganhou. Basta precisar. Ou seja, estar na categoria dos que têm renda média ou baixa. Como uma criança não se limita a nascer, é preciso ajudar para que ela cresça com atenção. Até os três anos de idade, mais 180,62 euros por mês para despesas gerais. Até os seis anos de idade, a criança faz jus à ajuda "babá". Os pais podem usar o dinheiro para colocar o filho numa creche, ter uma babá em casa e assistência à mãe. Tem mais? Claro. Em caso de desemprego, a família recebe mais 379,79 euros mensais como "complementação para atividades livres". Essa soma pode chegar a 560,40 euros. O tempo de duração do benefício varia de acordo com o número de filhos do casal. Dar bolsa-família é uma especialidade francesa.

Desde 2006, se pai ou mãe decidem ocupar-se em tempo integral de, ao menos, três filhos, a ajuda governamental pode ir de 620 a 840 euros. Os franceses descobriram que fazer filho é bom, satisfaz o Estado e garante uma graninha legal. A legislação francesa sobre o assunto é complicada e farta. Esse papo aqui é uma pista. As francesas engravidam mais a partir dos 30 anos de idade. É coisa pensada, calculada e madura. Moral da história: país desenvolvido dá bolsa-família mesmo. A França gasta até 120 bilhões de euros anuais com isso. Família é fundamental. Nada mais justo que dar um incentivo para todos se animarem a procriar. A educação é gratuita até o último dia de faculdade. Um exemplo constrangedor. Oui!

O governo só não leva para a cama.

Aí, claro, ainda reina o individualismo.

Do catálogo da infâmia

Um passatempo que eu recomendo é a leitura de antigas leis. Outro passatempo que eu recomendo é a leitura. De qualquer coisa. Ler mexe com nossas ervilhas.

Há 140 anos, por exemplo, em 1871, foi aprovada a "Lei Rio Branco", que ficou conhecida como "Lei do Ventre Livre". Uma obra quase imbatível da maldade branca simulando o máximo de generosidade. Pelo artigo primeiro, "os filhos da mulher escrava, que nascerem no Império, desde a data desta lei, serão considerados livres". Mas... Há sempre um mas. Até oito anos de idade, as crianças ficariam junto das mães e sustentadas pelos seus proprietários. E depois? Ah, depois havia duas opções igualmente magnânimas: ou continuavam com a mãe trabalhando de graça para o senhor até 21 anos de idade, ou o amo recebia indenização do Estado, velha mania de mamar nas tetas estatais, que se encarregava do rebento. Era continuar escravo ou ser levado para longe da mãe.

Que obra de arte jurídica!

A lei previa que os senhores teriam de alimentar os escravos abandonados por invalidez. Mas essa parte da lei não pegou. Sabem como é, no Brasil tem lei que não pega. Os proprietários trataram de livrar-se de deficientes e de doentes. Esses honrados cidadãos acreditavam num princípio sagrado: não existe almoço grátis. Salvo o deles. Boa parte vivia de alugar seus negros, recusando com todas as forças inovações tecnológicas que criassem desemprego.

Toda vez que se falava em abolição, eles protestavam em defesa das exportações, geradoras da riqueza do país. Em nome da responsabilidade econômica, da sensatez e da prudência, condenavam o radicalismo dos abolicionistas. Para não maltratar seus animais, preferiam fazer o transporte de cargas em lombo de negro.

Outra lei digna de figurar no catálogo das iniquidades e da infâmia, é a chamada "Lei dos Sexagenários", oficialmente "Lei Saraiva-Cotegipe", de 1885. Por ela, ficavam livres os escravos que completassem 60 anos de idade. Mas, sempre um mas, teriam de trabalhar mais três anos como indenização aos seus senhores. Uau! Uma vida inteira não era suficiente? Em nome da sensatez e da responsabilidade econômica, os proprietários pediram que essa idade fosse aumentada para 65 anos. Aí era um abraço: jogar na rua velho comilão, doente e sem condições de trabalhar. Aqueles que preferissem, podiam ficar com os senhores, sendo alimentados por eles, em troca dos serviços que pudessem prestar. Ou seja, podiam continuar escravos. Essa parte da lei pegou. Ou continuavam trabalhando como escravos ou eram enxotados para morrer de fome pelas ruas. Beleza!

No Brasil, qualquer fortuna que possa se orgulhar de seus mais de 125 anos tem dívida direta com os escravos. A burguesia cafeeira deve tudo aos negros. O Sudeste foi o maior foco de resistência à abolição. Deve ser por isso que não se cultua a tradição. Quase não há heroísmo em nossa história. Apenas um imenso catálogo de infâmias. Dica de leitura: *Os últimos dias da escravatura no Brasil*, de Robert Conrad. Mais uma vez, precisou um americano. Nossos antepassados eram vagabundos natos.

Em Curitiba, em dado momento, os negros eram 16% da população total e mais de 50% da população ativa. O resto vadiava. Campinas teve 13.685 escravos para 6.887 honestos cidadãos livres, proprietários e vagais. Eis!

É nossa contribuição para a história da infâmia.

Criança ou índio?

Ando encafifado com uma questão antropológica. Sou intelectual. Preocupo-me com questões antropológicas, filosóficas e esportivas. Kant ou Schopenhauer? Relativismo ou universalismo? Dois ou três volantes?

Uma criança índia é antes uma criança ou um índio? O que vem primeiro? Ser criança ou ser índio? Uma criança índia brasileira é primeiro criança, brasileira ou índia? Quando eu era estudante de antropologia, emperrava na oposição entre particular e universal. Todos os dias, ando no centro de Porto Alegre, onde vejo uma mãe índia com seus filhinhos. Ela mendiga na calçada. As crianças arrastam-se no chão sujo. Já a vi trocando fraldas de uma delas. Uma criança qualquer não pode esmolar na rua. O conselho tutelar pode e deve interferir. E uma criança índia? Interferir pode significar desrespeito à cultura indígena? Pode ser etnocentrismo, esse pecado antropológico de preconceito com a cultura dos outros?

Parece que esse é o entendimento de muitos especialistas e até do Ministério Público. Curioso paradoxo: uma criança qualquer mendigando não pode, sendo o adulto passível de ser acusado de exploração de menor. Criança índia mendigando é diferença cultural. Os guaranis têm uma expressão para "estender a mão". Houve um tempo em que os índios andavam nus. Não podem mais fazer isso. Podem mendigar com crianças pelas ruas da cidade? As causas da penúria dos índios integram um capítulo que certamente não honra a nossa história, mas também não dá brilho ao nosso currículo a pobreza dos demais. Quando vejo aquelas crianças rastejando na calçada imunda, úmida ou torrando, tenho tendência a pensar de uma maneira muito simples: criança é criança. Em qualquer lugar do planeta, seja qual for a cultura.

A partir desse princípio que alguns poderão rotular de simplório, concluo que dificilmente uma cultura poderá me convencer do valor de crescer rastejando em calçadas sujas. Sou fanático pela diferença. Mas acredito também que até o relativismo deve ser relativo. Meu lado universalista usa um megafone: antes de sermos parte de uma cultura, somos seres humanos. Não culpo a mãe índia pelo que acontece com seus filhos. O problema é muito maior. Na verdade, ela também é vítima do que temos feito com os índios. Continuamos a ensinar que os portugueses "descobriram" o Brasil, um lugar que já estava ocupado, como se os índios não contassem como habitantes válidos. Até aí tudo claro. Mas não me conformo ao ver aquelas crianças fazendo de uma rua suja o seu universo simbólico, jardim da infância e até parque de diversões.

O que se pode fazer?

O respeito à diferença não poderá significar no caso uma mera justificativa para nada se fazer? A "preservação" de uma cultura vale até mesmo o preço de uma educação para a miséria? Podemos devolver esses índios urbanos a sua inocência original? Perguntas sem respostas. Fico com a ligeira impressão de que uma criança indígena pedindo esmolas é apenas um pobre mendigo igualado por baixo aos excluídos da nossa civilização.

Devo estar enganado. Não pretendo julgar a cultura dos índios. Contento-me em avaliar a nossa.

Kant ou Schopenhauer?

Dois ou três volantes?

História da moral

Volta e meia alguém quer saber qual é a moral da história. Raramente alguém pergunta pela história da moral. O paradoxo é que a história costuma não ter moral, quando não é simplesmente imoral, mas a moral tem a sua longa história. Hoje, fala-se mais em ética do que em moral, embora muitas vezes o termo ética sirva para encobrir algum tipo de moralismo falso ou hipócrita. Sei que alguns vão achar este tema chato. O que fazer? Um cronista precisa ter a coragem de chatear alguns leitores para tratar de assuntos que considera relevantes e agradam a muitos outros. A aridez tem suas virtudes.

A revista francesa *Magazine Littéraire* publicou um "dossiê" sobre a moral, de Gilgamesh, paladino da virtude na epopeia da Mesopotâmia, à questão da consciência na obra de Hannah Arendt, passando por Nietzsche, Cícero, Santo Agostinho, os moralistas do século XVIII, Kant e Henry James, sem esquecer da Bíblia e suas parábolas.

Há quem odeie nomes de pensadores e citações. Como se a compreensão de um texto como este dependesse do conhecimento dos nomes citados. Vale lembrar que Machado de Assis, na sua literatura, era o rei da citação. Adorava os latinos. Hoje, dá para cada leitor, quando instigado, procurar informações na internet. Ou ir além e buscar os livros. De qualquer maneira, um texto como este deve esgotar-se em si. A história da moral é a história da civilização, do adestramento dos homens, da aprendizagem do autocontrole, o que gera o famoso "mal-estar" descrito por Freud. Em Gilgamesh a virtude consiste na coragem para lutar contra os inimigos e na humildade para superar o desespero diante da morte. Em Nietzsche a questão é fugir ao moralismo que mata o impulso vital sem deixar de cumprir regras organizadoras.

Na Bíblia hebraica a moral organiza o mundo por punição e recompensa. Desde a antiguidade, por exemplo, no Egito, que se procura um meio de frear a agressividade instintiva dos homens. A religião tem sido um dos fatores mais eficazes nesse sentido, com Deus no papel de instância superior, avalista dos princípios praticados. Cícero apostava na busca da felicidade. Todas as morais poderiam ser boas, desde que cada homem adotasse uma. Para Santo Agostinho a moral está no amor de Deus, que, quando realmente sentido, produz sabedoria. Daí suas frases célebres: "Dois amores fizeram duas cidades. O amor-próprio até o desprezo por Deus fez a cidade terrena; o amor de Deus até o desprezo por si mesmo fez a cidade celeste". Na Pérsia, o médico e filósofo Râzî concebeu uma moral laica, baseada pura e exclusivamente na razão.

Saltarei as concepções gregas e as belas fórmulas dos moralistas franceses para chegar logo ao campeão da moral, Kant, o defensor de uma moral universal. É preciso ouvir a voz da razão e agir de tal forma que a norma da ação individual possa ser tomada como lei universal. A moral está em nós. Só posso fazer aos outros aquilo que aceitaria e desejaria que fizessem a mim. O problema é que alguns desejam que lhes façam o mal. Como ser moral sem ser moralista? É a grande questão da nossa época.

O que é pior: pregar moral de cueca ou sem?

Nem Gilgamesh nem Kant escreveram sobre isso.

Jovens indignados

Jovens são seres esquisitos. Contestam o que os mais velhos consideram sagrado. Usam tatuagens e roupas absurdas. Ouvem músicas barulhentas. Dormem de manhã. Fazem fila de madrugada para entrar em boates. Jovens são bizarros: acham anormal que a miséria se espalhe pelo mundo apesar da concentração da riqueza. Quando caiu o Muro de Berlim, os mais velhos, feito jovens apressados e inconsequentes, trataram de confirmar o "fim da história". Nunca mais se contestaria o bem-estar social do neoliberalismo triunfante. Passadas duas décadas, quase tudo mudou, salvo o discurso dos conservadores. Jovens, como em maio de 1968, foram às ruas dos Estados Unidos indignados com o estado das coisas e com certas coisas do Estado. Jovens são estranhos: não entendem que seja normal deixar milhões de pessoas apodrecendo na miséria sob a justificativa de que não estudaram, não se qualificaram ou que o tempo e a retomada do crescimento econômico os levarão, enfim, a uma situação melhor.

É, jovens podem ser esdrúxulos.

Os indignados não querem nem o comunismo nem o neoliberalismo. Negam tudo. Passam por cima de certezas. Pisoteiam ideologias. Tiram a roupa sem mais nem menos. No Chile, observe-se a loucura, jovens pediram que o Estado se encarregasse da educação de todos, afirmando que a educação não pode ser um negócio como qualquer outro. Atreveram-se a sustentar que o lucro não pode ser o motor do sistema educacional. Como são ingênuos e alienados esses jovens de hoje. Apostam que podem mudar o mundo, contrariando as evidências e as previsões, e acabam conseguindo o que querem. Jovens não sabem o que fazem. Ignoram que quando forem mais velhos mudarão de opinião. Os jovens indignados americanos são muito perigosos. Defendem a humanização do capitalismo. Outros, em vez de usar as redes sociais para namorar ou "ficar", organizam manifestações, derrubam ditadores no mundo árabe ou sacodem dogmas ocidentais escorados no cinismo transformado em filosofia política, social e econômica.

Definitivamente não dá para confiar nos jovens. Por falta de experiência e de conhecimento, negam os valores mais sadios de seus pais e avós, entre os quais privilegiar a especulação financeira e diminuir gastos públicos com a saúde. Jovens americanos são bobos. Desejam que o orçamento destinado à saúde pública seja maior que o da guerra. Vê-se que os pais perderam o controle sobre os filhos e já não conseguem transmitir-lhes o que pensam de pior. Em vez de adorar Wall Street, os jovens cospem ou fazem xixi em cima daquilo que representa a visão de mundo por excelência dos seus antepassados. Sem dúvida, será preciso tomar medidas rigorosas em relação aos jovens. Se eles continuarem agindo livremente, sem o menor senso de realidade, acabarão por construir um mundo lamentavelmente melhor.

Nos lares republicanos dos Estados Unidos só se ouve uma exclamação: "A juventude está perdida". Não dá para se confiar em ninguém com menos de 20 anos. É um pessoal com ideias próprias antes do tempo. Sonham com um mundo em que a cooperação seja tão importante quanto a competição. Que horror! Que falta de educação! É o fim.

A invenção da infância

A infância é uma invenção recente.

O amor materno universal, instintivo e intemporal é um mito. Ideias como essas saltam das páginas de dois grandes livros, *História social da criança e da família*, de Philippe Ariès, um dos maiores historiadores do século XX, e *Um amor conquistado – o mito do amor materno*, da historiadora Elisabeth Badinter. Até o século XIX, as crianças eram tratadas como adultos em miniatura. Até o século XVIII, logo depois do nascimento, as crianças eram separadas das mães e criadas até certa idade por amas. Ariès e Badinter não pretenderam com seus estudos relativizar a importância da infância ou do amor materno. Buscaram mostrar que tomamos por natural, com frequência, aquilo que é cultural, próprio de um tempo.

Ariès diz que "um homem do século XVI ou XVII ficaria espantado com as exigências de identidade civil a que nós nos submetemos com naturalidade". O sobrenome é uma invenção da Idade Média. O próprio homem, como o entendemos hoje, é, conforme a fórmula consagrada pelo filósofo maior Michel Foucault, uma invenção recente, cujo fim talvez também esteja próximo. O homem, no sentido moderno, chefe de família, está em extinção.

Delírios? Bobagens? Afirmações incompreensíveis? Não. Usemos o cérebro, que é feito para isso, embora tenha cada vez menos uso, assim com o crânio nesta época sem chapéus. No passado não muito distante, homens de 30 anos ou mais casavam-se com meninas de 12 ou 13 anos de idade. Hoje, com a nova visão da infância, isso daria cadeia por pedofilia. Nunca a infância foi tão valorizada e protegida. Paradoxalmente as meninas são erotizadas precocemente. Vestem-se como adultas sexy em miniatura. A infância está, ao mesmo tempo, mais longa e mais curta. A adolescência, outra invenção recente, não para de ser alongada. A meia-entrada para jovens de até 29 anos consagra no Brasil um novo limite para o ingresso na idade adulta. A infância agora vai até os 17 anos. A adolescência até os 29. A idade adulta está reduzida ao rápido intervalo dos 30 aos 59 anos de idade. Depois, já começa a Terceira Idade. O tempo se renova. É como uma pizza fatiada ao gostos dos fregueses de cada época.

O apego aos bebês nunca foi tão grande. Só comparado ao apego aos cachorros de estimação. Ao mesmo tempo, algumas mulheres sentem-se travadas na sua liberdade profissional, sexual ou existencial pelos filhos e, quando não os rejeitam, entregam-nos às novas amas, as babás, que, ao contrário de antigamente, precisam estar muito próximas, ao alcance da mão, para que a mãe possa viver instantes fugazes de intensa maternidade. Para onde vamos? Será que a idade adulta vai desaparecer? Passaremos da adolescência diretamente para a terceira idade? Quem está certo? Badinter lembra que até o grande Freud se enganou muito, pintando o homem como ativo e a mulher como "passiva, masoquista, distribuidora de amor no lar e capaz de secundar o marido com devotamento". Um bom machista do seu tempo tentando ser objetivamente científico. Badinter garante que o devotamento exclusivo e total da mulher acabou, assim como o dogma da necessidade de uma referência masculina e outra feminina para a criança. Estamos na época da divisão das tarefas e da fusão dos papéis. Confusão ou emancipação? História.

Vou lavar a louça para não ser anacrônico.

As mais belas

Rio de Janeiro e Paris são as mais belas cidades do mundo. Ou estão entre elas. Seria preciso conhecer todas para afirmar sem margem de erro. O belo, contudo, é sempre relativo. Paris é bela pela mão do homem. Rio de Janeiro é bela pela mão de Deus. Ao longo dos séculos, os viajantes caíram de quatro diante da beleza sensual da Baía da Guanabara. É verdade que o antropólogo Claude Lévi-Strauss, no seu magistral *Tristes trópicos*, destoou do coro dos visitantes: "Ainda me sinto embaraçado para falar do Rio de Janeiro, que não me atrai, apesar da sua beleza tantas vezes celebrada. Como explicar? Parece-me que a paisagem do Rio não está à escala das suas dimensões. O Pão de Açúcar, o Corcovado, todos esses locais tão gabados assemelham-se, para o viajante que entra na baía, a raízes de dentes perdidas nos quatro cantos duma boca desdentada". Ô, azedume!

A descrição do mineiro Darcy Ribeiro parece muito mais próxima da realidade: "Tenho certeza de que Deus estava de muito bom humor quando fez o Rio de Janeiro. Suspeito, mesmo, que estivesse de pileque. Só assim explico o esbanjamento de beleza que ele pôs no Rio. Pegou uma montanha alta, granítica, e fez correr ao longo do mar, entrando, às vezes, mar adentro, e até saltando em ilhas. Tudo coberto por uma vegetação tropical esplêndida. Abriu espaços entre as montanhas, formando belas várzeas verdes. E sorriu contente com sua obra. A beleza é tanta que Vespúcio, quando chegou aqui, lá por 1502, se espantou demais. Até escreveu ao santo padre, sugerindo que a terra encontrada talvez fosse o paraíso perdido. O papa gostou tanto da carta que reuniu uma junta de sábios teólogos para dizer se era crível que o paraíso perdido dos filhos de Adão e Eva tenha sido encontrado". Ah, como eram inocentes os homens de antes.

Dizem que os cariocas são preguiçosos. Seria melhor, quem sabe, se o fossem realmente. Era só não atrapalhar. A cidade viveria das suas belezas, recebendo turistas, entregando-se aos olhares alheios, deixando-se explorar, tocar e apreciar. Para que indústrias poluentes? Para que gravatas? O problema é que todo paraíso encontrado perde a inocência original. O mundo prepara-se para a Copa do Mundo de 2014, cujo palco principal será o Rio de Janeiro. Não é de duvidar que os visitantes encontrem a cidade feito uma boca desdentada, pois, com nossos políticos no comando das operações, é possível que, depois de um pileque, até as obturações desapareçam. Lévi-Strauss observou que os indivíduos se ignoravam, "cada um deles fechado no horizonte limitado da sua família e da sua profissão". Vê-se que ele não era cego.

O Brasil vai dar certo? Darcy Ribeiro especulava: "O Brasil é cento e tantos anos mais velho do que os Estados Unidos e o que experimenta é uma modernização reflexa, superficial que, se enriquece prodigiosamente os ricos, empobrece cada vez mais o grosso da população". Mudou um pouco nos últimos anos. Não o bastante. Quando a beleza desenhada por Deus, no Rio de Janeiro, será completada pela mão do homem? Alguns rabiscos já foram feitos.

Narciso em Palomas

Tudo andava calmo em Palomas, que estava desaparecida do noticiário. Foi aí que apareceu por lá um sujeito esquisito. Assim que ele puxou um banco, no bolicho do Rubens, no meio da tarde, começou a confusão.

– Tem um baiano aí – disse um guri para a mãe.

– Capaz de ser tupamaro, benzeu-se o Natalício, sempre em clima de Guerra Fria e das ditaduras do Cone Sul.

– Pela melena, parece o genro do Chico Buarque.

– Que genro do Chico Buarque, Idalina?

– O Carlinhos Bala, ué!

– Que Carlinhos Bala, que nada, mulher. O genro do Chico Buarque, aquele que, de vez em quando, anda com um estribo amarrado na cabeça, era o Carlinhos Brown.

– O homem é mais faceiro do que chinoca de vestido novo em tarde de carreira. Mais bobo do que ganso novo. Parece a filha do Toninho Cerezzo, a Lea T, vulgo Leandrão.

– É fresco?

– Deixa de ser politicamente incorreto, Nicácio.

– Tchê, não se pode falar mais nada, que a patrulha já pega. A Marcolina também está praticando esse tal de bule comigo. Do jeito que vai, dia desses cometo um crime.

– Não é bule, animal. É bullying.

– Bule ou cambona, mulher, pra mim dá no mesmo.

– E o tal vivente que chegou?

– Ficou meia hora se olhando nas águas da lagoa. Tem grande apreço pela sua própria pessoa. Até parece gaúcho.

– Como é o nome dele?

– Chico Narciso. O padre disse que ele é narcisista.

– Falou isso? Mas que negócio é esse, Idalina?

– Olhei no gugolo. Parece que é quando alguém gosta muito de si mesmo, mais até do que dos filhos, dos pais, do Rio Grande, do Bento Gonçalves, de cachaça e de jogo de truco.

– Mais até do que do seu cavalo? Só se for louco.

– É o que tá no gugolo.

– Até parece coisa de bairrista.

– É narcisista.

– E o que ele veio fazer aqui?

– Disse que veio criar um CTGLS.

– Que troço é esse?

– Pelo que ele disse, antes de fechar o tempo, um Centro de Tradições Gays, Lésbicas e Simpatizantes.

– Vamos ver se ele simpatiza com o meu rabo de tatu.

– Isso te ofende? – a voz é do visitante.

– Bá, tchê, que te parece?

– Por quê?

– Ora, tchê, porque, para mim, de bola, só sagu.

Made in Argentina

A guerra está sempre declarada: quem faz os melhores vinhos, Brasil ou Argentina? Quem faz os melhores filmes, Brasil ou Argentina? Quem ainda faz os melhores camisas dez, Brasil ou Argentina? Quem é melhor: Borges ou Machado de Assis? Maradona ou Pelé? Messi ou Neymar? Melhor mudar de assunto. Para quem gosta de malbec, a Argentina parece correr solta na frente. Para quem viu *Um conto chinês* e *Medianeras*, os argentinos parecem estar dando de relho. É um filme bom atrás do outro. Pelo jeito, encontraram a forma e não param mais de acertar. Para quem é torcedor do Internacional, D'Alessandro sempre pareceu dois graus acima do rival mais próximo, o talentoso Douglas, que já se foi. E agora? Quem é melhor? Tem gente que detesta argentino, com base na ideia de que eles são sempre arrogantes, e resolve a questão por decreto. Somos melhores e não tem mais discussão. Deu.

Em espumantes, levamos certamente alguma vantagem. Em tintos já é mais complicado. No cinema, a desvantagem é escancarada. Por quê? Os argentinos parecem ter dominado uma variável determinante: a simplicidade complexa. As histórias soam redondinhas, simples, vividas, humanas, profundamente humanas, intensas, alternando melancolia, humor, ternura, momentos trágicos, pequenos dramas, esperanças, conquistas, perdas e incertezas existenciais. Em *Medianeras*, por exemplo, tem um toque Woody Allen sob medida. A forma vem acompanhada de um conteúdo convincente. Já os cineastas brasileiros costumam apostar tudo na forma. Fica muito cabeça e pouco coração. Há uma nova lei da física. Quer dizer, da metafísica: onde tem Selton Melo tem chatice. A afetação, caricatura esnobe, transborda das telas. A perspectiva umbilical sufoca qualquer busca do universal.

Os malbec argentinos são aveludados. Descem como uma boa sonata. Não são recomendados para quem gosta de vinhos encorpados. Os filmes dos nossos hermanos, mesmo quando tristes, expressam uma suavidade ou aspereza agridoces. No fundo, são crônicas filmadas. É o que Woody Allen faz todo ano e sempre dá certo. Vinhos e filmes argentinos lembram o drible clássico do D'Alessandro, o "la boba": parece simples, é simples, quase óbvio, até mesmo óbvio, mas genial e eficaz. Quem duvidar, que tente fazer. Em futebol, nossa fábrica de craques nos tranquiliza. Neymar está aí para provar isso. Mata e ainda encomenda o corpo. Em vinhos, temos feito progressos imensos. Deixamos para trás nossa cultura do garrafão. E o cinema? Aí é que pega. O buraco é grande.

Medianeras mistura internet, solidão, a vida na cidade grande, a busca de um grande amor e os impasses da vida atual temperada com ansiolíticos. Convence, faz rir e emociona. Qual foi o último filme brasileiro emocionante? Deu apagão na memória. Exageros? Pode ser. Mas é preciso lembrar que, em número de títulos internacionais, D'Alessandro talvez já seja o camisa dez mais vitorioso da história do Inter. As coisas enganam. De repente, já se consolidaram e nem todo mundo percebeu. Opiniões contrárias serão aceitas. Um malbec também. Por clemência, não se falou de bons volantes argentinos. Nem da fama internacional acachapante do velho cego Borges.

Se falarem, podemos nos defender com nossa MPB. Afinal, como dizem nossas mulheres, Chico é Chico. Não?

Redundância programada

Sempre é bom repetir isto: Paul Krugman é prêmio Nobel de economia. Não pode ser chamado de ignorante. Salvo pelos ignorantes. Ler Paul Krugman é, cada vez mais, como ler um autor do realismo fantástico. Tudo aquilo que os olhos comuns não enxergam, atrapalhados por lentes ideológicas, formatadas nas melhores e nas piores escolas, pretensamente neutras, vem à luz. Krugman escreve para o jornal *The New York Times*, sendo reproduzido no mundo inteiro, inclusive na *Folha de S.Paulo*, em linguagem compreensível aos mortais e até aos imortais. Bate só no contrapé da direita americana mais mesquinha e cascuda. Garantiu, por exemplo, em determinado momento, que o presidente Barack Obama estava muito certo em querer elevar os impostos dos mais ricos. Seria Paul Krugman um comunista tardio e arrogante? Pode um Nobel de economia americano ser comunista em pleno século XXI?

Num dos seus artigos, Krugman citou dados segundos os quais, entre 1979 e 2005, a renda das famílias de classe média cresceu 21%, enquanto a dos mais ricos subiu 480%. Uau! Todo mundo deveria ler Krugman uma vez por dia. Vale reler alguns artigos. Há explicações para acontecimentos que podem parecer enigmáticos. Os ricos, no entender do deputado conservador Paul Rayan, estão sendo vítimas de uma guerra de classes. Krugman chuta o pau da barraca: "Para sermos justos, discute-se até que ponto políticas governamentais foram responsáveis pela espetacular disparidade de aumento de renda. O que sabemos ao certo, no entanto, é que essa política tem consistentemente beneficiado os ricos em oposição à classe média. Alguns dos aspectos mais importantes desse viés envolveram coisas como o ataque sustentado ao movimento sindical organizado e a desregulamentação financeira, que criou fortunas enormes ao mesmo tempo em que abriu caminho para o desastre econômico". Simples. E claro.

Tem mais: "De acordo com novas estimativas feitas pelo Centro de Política Tributária, não partidário, um quarto das pessoas com receita superior a US$ 1 milhão por ano pagam imposto de renda e salarial de 12,6% ou menos de sua receita – menos do que a porcentagem paga por muitas pessoas da classe média". Tem gente que recorre a um argumento sofisticado e ultraliberal: "E daí?" Krugman respondeu citando Elizabeth Warren, que era candidata a uma vaga no Senado americano: "Não há ninguém neste país que tenha enriquecido sozinho, ninguém". Segundo ela, os ricos tornam-se ricos graças ao "contrato social", o trabalho dos outros, o que se chamava de exploração. Será que o mesmo vale para o Brasil? Pena que não há um só prêmio Nobel por aqui para dizer tamanhas verdades com tanta singeleza. Chega de escrever sobre Paul Krugman. Fica chato. Só vale, como nas novelas, pela redundância programada, aquele truque para não deixar o público esquecer o essencial, que, quase sempre, é evidente.

Em lugar de defender mais retorno em relação aos impostos pagos, nossos liberais defendem pagar menos, ainda que desejem mais serviços. Será que Krugman poderia passar algumas semanas por aqui tomando caipirinha e analisando a contribuição dos bancos para a riqueza brasileira? Consta que banco paga menos imposto do que bancário. Só pode ser calúnia de comunistas mumificados.

Até quando Krugman vai desmentir os lacerdinhas?

A saga do medíocre

Eu entro em surto. Quem nunca entrou que atire o primeiro diagnóstico. Quando entro em surto, fico masoquista. Digo verdades sobre mim que me parecem grandes mentiras depois. Estou em surto. É um problema. Começo a ter ideias. Examino a possibilidade de ser governador do Estado e presidente da República antes dos 65 anos de idade. Xingo a Ana Paula Arósio por estar ficando velha e ainda não ter me telefonado. Fico sem entender a presidente da República por não ter me oferecido um ministério. Eu jamais pagaria motel com dinheiro público. Nem com o meu. Não vou a motel. Quando entro em surto, penso muito em livros. Pego no pé dos editores, dos distribuidores e dos livreiros. Fico mala.

Nada pior do que um escritor maldito e medíocre em surto. O cara quer resolver a parada de qualquer jeito. O mundo é assim, cheio de paradoxos. Guimarães Rosa é certamente o melhor escritor brasileiro do século XX. Mas o melhor livro brasileiro do século XX que li foi escrito por um medíocre: *Os tambores de São Luís*, de Josué Montello. Isso me consola e encoraja. Aí é que mora o perigo. Um medíocre também pode escrever obras-primas. Tudo depende da boa ou má vontade dos críticos e dos leitores. As duas grandes obras literárias brasileiras podem ser reduzidas a pó por um crítico cínico em surto: Capitu traiu ou não traiu pode virar Bentinho era ou não era corno? *Grande Sertão: veredas* pode se resumir a um questionamento nada metafísico: Riobaldo era moça (não estou falando da Diadorim) ou chegado num moço? Aquela reviravolta de última hora ainda não convenceu todo mundo. Como é que Diadorim fazia xixi no mato mesmo?

Escritores medíocres fazem críticas medíocres. Adoram rebaixar a discussão. Eu sou assim. Do pescoço para baixo tudo é canela. Tem leitor que detesta quem diz "eu". Outros detestam mais ainda quem demonstra ressentimento. Eu sou a favor do ressentimento, embora não o sinta, o que poucos acreditam. O cara que trabalha oito horas por dia, sacode nos transportes lotados por mais quatro horas diárias e ganha menos de um salário-mínimo por mês tem direito ao ressentimento. O sujeito, como eu, que lê toda a ficção brasileira tem direito a entrar em surto. É punk. Salva-se muito pouco. Em geral, o que não ganha prêmios ou não tem mídia. Falo muito de literatura. Muitos reclamam. Dizem que é um tema menor e elitista. Pedem-me para tratar mais dos buracos das ruas. Estou quase aceitando essas sugestões. A literatura é buraco sem fundo. Ninguém vai melhorá-la até o fim deste século.

Ainda bem que nem todos os meus surtos são tomados pela literatura ou pela política. Em alguns, fico mudo e sem vontade de escrever para felicidade geral da nação. Meu último surto desse gênero aconteceu há exatos 36 anos. Todo cronista mente para seus leitores. Ou omite coisas. Eu não. Entrego a minha maldição e a minha mediocridade. Confesso quando estou em surto. Meus piores surtos, porém, são os criativos. Produzo dois livros em seis meses. Meus editores já pensam em se cotizar para me internar se isso acontecer novamente. Sairá mais barato do que publicar os meus livros. O retorno será maior.

Os quatro maiores

Não tem para ninguém. Os quatros maiores presidentes da história do Brasil são Getúlio, JK, Jango e Lula. Avançamos de um nome, tratado, às vezes, pelo sobrenome, para uma sigla e finalmente chegamos aos apelidos. Sintomas de uma evolução da democracia. Deixamos para trás os sobrenomes pomposos da elite quatrocentona paulista. O povo saiu da planície para o Planalto. Lula teve um câncer. Alguns abutres vibraram sem muita discrição. Imaginaram-no fora do jogo. Nunca poderão, no entanto, apagar a sua figura imensa da biografia do Brasil. Getúlio e Lula são os maiores personagens políticos de todos os tempos em nossa história. Se Cabral descobriu o Brasil, se D. Pedro I o tornou independente, se D. Pedro II deu-lhe algum ar de civilização, se a República caiu no colo de Deodoro da Fonseca, Getúlio reinventou o Brasil. Arrancou-o do atraso mais profundo e imobilizador. Empurrou-o para a sua industrialização.

Não conseguiu, contudo, nem na ditadura nem na democracia, arrumá-lo totalmente. As resistências foram poderosas. Enfrentou quatro inimigos: os "carcomidos" paulistas, derrotados de 1930, os comunistas, os integralistas e alguns dos seus aliados de primeira hora. JK entrou no jogo como um campeão da modernidade, do dinamismo e da renovação tecnológica. Deu ao Brasil uma nova capital e uma nova maneira de se ver. Melhorou a nossa autoestima e fez-nos crer que o futuro havia chegado. Sempre tivemos a impressão de viver no passado. Com JK, passamos a viver no futuro. Jango tentou completar Getúlio e ir além de JK. Quis criar um presente satisfatório para os brasileiros. As reformas de base eram necessidades vitais. Como disse Darci Ribeiro, Jango caiu pelos seus acertos, não pelos seus erros. É perigoso demais estar certo antes do tempo. Jango pagou caro.

Passaram-se 40 anos até um homem do povo ser eleito para retomar as iniciativas de Getúlio, JK e Jango. Conta-se com a ciência para curar Lula e mantê-lo firme e forte para os próximos combates. Aos que já o estão secando, salivando pelos cantos da boca, é preciso lembrar que hoje Dilma é o segundo chefe de Estado mais popular da América Latina. O Brasil só melhora realmente quando um presidente consegue distribuir renda, desconcentrar a riqueza e gerar inclusão. Um assessor de Tancredo Neves escreveu para ele discursar: "Esforçar-nos-emos para criar uma nação mais inclusiva". Tancredo traduziu: "Lutaremos por um país em que ninguém fique de fora". Jango tentou. JK nem tanto. Getúlio e Lula conseguiram. Não tudo. Mas um grande salto. Atenção aos corvos: isto não é um obituário. É um elogio em vida. Os grandes também adoecem. Felizmente a medicina evoluiu.

Dentro de 500 anos, os historiadores ainda falarão de Getúlio, o maior de todos, de JK, o modernista, de Jango, o injustiçado, e de Lula, o metalúrgico desqualificado como semianalfabeto que, com seu apelido povão, fez mais e melhor do que a maioria dos doutores tratados por nome e sobrenome sonoros. Ah, antes que alguém tenha essa ideia, não sou petista nem pedetista. Sou infiel e indisciplinado demais para ter partido. Para ser um dos melhores, Lula precisou piorar muito. Enquanto esteve no poder, comportou-se bem. De volta para casa, ficou perigoso. Um homem longe do poder tem ideias.

A teoria dos sapatos

Fui a Recife encontrar meu mestre Michel Maffesoli no congresso anual da poderosa Intercom, que organiza o principal evento brasileiro de comunicação. Ficamos no mesmo hotel, na Boa Viagem, ao alcance dos tubarões. Tivemos alguns desencontros. Ao final da tarde, telefonei para Michel de maneira a combinarmos a ida à cerimônia de abertura. Maffesoli não atendeu. Fiquei esperando. Passou o tempo. Desceu todo mundo. Nada de Maffesoli. Liguei para o seu celular. Não atendeu. Todos se foram. Fiquei esperando: 19 horas, 20 horas, 21 horas, 22 horas, 23 horas... Nada. Maffesoli é um bom francês. Sempre deixa recado. Combina tudo. Especulei que estivesse com Danielle Rocha-Pitta, uma francesa que vive há mais de 30 anos em Pernambuco. Mesmo assim, não me tranquilizei.

Temi que tivesse sido assaltado, sequestrado ou engolido por um tubarão francófobo. Voltou todo mundo da abertura do congresso. Eu havia jantado e tomado uma garrafinha de vinho. Continuava a postos. Aí chegou a Raquel Paiva, sempre elegante e inteligente, também amiga de Michel Maffesoli. Expliquei-lhe a situação. Ela ficou agitada. Chamou alguém da recepção e pediu que abrissem o quarto do nosso convidado. Depois de algumas explicações, o funcionário aceitou. Ninguém resiste ao charme da Raquel, mulher do maior teórico da comunicação do Brasil, Muniz Sodré. O sujeito voltou: "Não está lá. Só tem a sua malinha e um par de sapatos". Bateu o pânico em todos:

— Homem não viaja com dois pares de sapato — disse Raquel, mostrando visível e pertinente inquietação.

— Não? — balbuciei, olhando para meus pés. Só tenho um par de sapatos. Quando termina um, compro outro.

— Não — confirmou ela —, ainda mais para três dias.

Voltamos a especular. Havia vários colegas ali e cada um se lembrou de alguma história terrível. Onde teria ido Maffesoli sem sapatos? Teria sido devorado por um tubarão faminto? Teria sido sequestrado no calçadão? Os sapatos no quarto eram a prova de algo ruim. Era algo muito verossímil e me fazia pensar em alguns livros de Georges Simenon. Passava da meia-noite. Pensamos em ir a uma delegacia, aos hospitais ou em conseguir o telefone de Danielle Rocha-Pitta. Era nossa última esperança. Foi aí que, muito sereno, ele entrou no saguão do hotel. Todo de branco. Inclusive de sapato branco. Corremos para ele. Fui o primeiro a falar. Ele respondeu calmamente:

— Fui ao candomblé com a Danielle.

Estava radiante.

— Como foi?

— Fantástico. Sacrificaram aves na minha frente.

Lamentei pelas galinhas. Quase o abracei efusivamente. Contive-me. Censurei-o por não ter me convidado nem avisado. Nunca fui ao candomblé. Vi que Raquel olhava para os sapatos brancos do nosso amigo. Ainda bem que sua intuição de mulher falhara. É a demonstração de que uma observação verdadeira pode ser desmentida. A premissa era irrefutável: homens não viajam com dois pares de sapato. Salvo quando vão ao candomblé.

Sem imaginação?

Em 1968, os jovens queriam a imaginação no poder. Poderiam imaginar que envelheceriam sob o poder da imagem? Jean Baudrillard, analista irônico da decadência da imaginação e da ascensão da imagem, morreu em 2007. Pensei nele e nestas palavras dele ao passar algumas horas diante de uma televisão num aeroporto vazio: "A televisão chama bastante a atenção nos tempos que correm. Faz falar dela. Em princípio, ela está aí para nos falar do mundo e para apagar-se diante do acontecimento como um médium que se respeite. Mas, depois de algum tempo, parece, ela não se respeita mais ou toma-se pelo acontecimento". Vi alguns programas de televisão que só falavam de programas e de celebridades da televisão.

Não tenho problema em me apagar diante de JB. Ele falava sereno diante de uma taça de vinho no La Rotonde, em Paris, pontuando cada palavra com um sorriso irônico. Penso nele. Penso na recomendação que me deu quando me meti numa grande polêmica: "Transversal, transversal, nunca frontal". Era o popular "não bater de frente". Volto ao aeroporto. A televisão continuava a falar dela.

Nos intervalos, em telejornais, falavam de corrupção. Baudrillard me dominava a mente. Textos inteiros do seu livro *Tela total*, que traduzi, corriam diante dos meus olhos como se eu os lesse: "A verdadeira corrupção, porém, não se encontra aí. O vício secreto está no fato, já assinalado por Umberto Eco, de que os meios de comunicação remetem uns aos outros, e só falam entre eles [...] Essa situação já problemática se agrava quando uma só hipermídia, a televisão, curva-se sobre si mesma. Ainda mais que esse telecentrismo se desdobra num juízo moral e político implícito implacável: subentende que as massas não têm essencialmente necessidades nem desejo de sentido ou de informação – querem apenas signos e imagens; o que a televisão lhes fornece em profusão".

Jean Baudrillard gostava de viajar. Tinha ido a Samarcande. Silenciosamente, acho, guardava a utopia de um mundo dominado pela arte e pelo valor do uso. Um mundo aquém e além, expressão que usava, da mercadoria.

E os nossos sonhos de transparência para onde foram? Para onde foram as nossas utopias? "Sonhamos, em princípio, com a imaginação no poder – no poder político se entende –, mas sonhamos com isso cada vez menos, ou mesmo nada. O fantasma deslocou-se então para a mídia e a informação. Tivemos a oportunidade de sonhar (coletivamente, ao menos, mesmo se continuávamos individualmente sem ilusão) em encontrar aí liberdade, franqueza, um novo espaço público. Desilusão: a mídia revelou-se muito mais conformista, muito mais servil do que previsto; mais servil, às vezes, do que os políticos profissionais". Buscamos uma nova esperança na Justiça. Baudrillard nos desilude. Também aí não funcionou: "Última transferência registrada da imaginação: para o judiciário. Ilusão recorrente, pois essa operação, afora o perfume de escândalos, só encontrava valor precisamente por equiparar-se à da mídia". O que fazer diante disso?

Imaginar outro mundo longe da política? "Terminaremos por procurar a imaginação cada vez mais longe do poder, de qualquer poder (sobretudo longe do poder cultural, tornado o mais convencional e o mais profissional possível): junto aos excluídos, aos imigrantes, aos sem-teto. Mas é preciso, de fato, muita imaginação, porque eles, que não têm mais sequer imagem, já são sequelas da imaginação do social. É aí que devemos chegar. Perceberemos a inutilidade de querer localizar a imaginação em algum lugar, simplesmente porque ela não existe mais. No dia em que isso se tornar flagrante, a vaga decepção coletiva que paira na atualidade se transformará numa náusea gigante". O avião chegou. Ufa!

Viagem a Samarcande

Ninguém foge ao seu destino. Talvez porque o destino seja sempre aquilo que já aconteceu. Não importa. A noção de destino é mesmo circular: se aconteceu é porque deveria acontecer. Nada mais fácil do que prever o destino de alguém. Basta ter paciência para esperar que as coisas aconteçam. Meu amigo Jean Baudrillard, grande pensador da ironia, adorava contar a história de uma viagem a Samarcande. Na praça da cidade, em presença do rei, um capitão vê a morte lhe acenar. Desesperado, avisa o rei de que vai fugir para Samarcande. E dá no pé. O rei, do alto da sua autoridade incontestável, interpela a morte, que lhe responde: "Eu não queria assustá-lo. Só pretendia dizer-lhe que temos um encontro marcado esta noite em Samarcande".

Eu me imagino a cada dia falando aos amigos: amanhã tenho de ir a Samarcande. Você já foi a Samarcande? Conhece alguém que tenha vivido uma grande paixão em Samarcande? Samarcande é a capital da região de mesmo nome no Uzbequistão, situada culturalmente entre o mundo persa e o mundo turco. Muita gente importante já foi até lá para fazer negócios, turismo ou esquentar os músculos. Exemplos: Gengis Khan, Tamarlão, Alexandre, o Grande, Omar Khayam, Elvis Presley e Paris Hilton. Tamerlão gostou tanto que fez da cidade a sua capital. O pessoal não guardou boas lembranças de Gengis Khan. Ele destruiu tudo o que viu pela frente. Marco Polo não foi a Samarcande. Nem

João Paulo II. Marco Polo errou o caminho. O papa estava muito cansado.

Conta-se que o "célebre peregrino chinês Xuanzang", do qual eu nunca tinha ouvido falar, passou, por volta de 631, em Samarcande, a caminho da Índia. Esse andarilho era uma espécie de cronista que tentava algo extraordinário: compreender a espécie humana. Ele teria dito, depois de assistir a uma briga entre dois homens, uma frase que se tornaria ainda mais célebre do que ele mesmo: os homens têm cabeça oca. O poeta metafísico T.S. Eliot teria se inspirado nessa reflexão pertinente e judiciosa a respeito da humanidade para compor o seu lindo poema "Os homens ocos": "Nós somos os homens ocos/Os homens empalhados/Uns nos outros amparados/Os elmos cheios de nada/Ai de nós!"

Xuanzang, depois de descrever minuciosamente as grandezas de Samarcande, a coragem do rei, a organização do seu exército e a honestidade da população em geral, disse o seguinte a respeito dos homens do lugar: "São homens de grande valor, que veem na morte um reencontro com os pais, e que nenhum inimigo pode vencer em combate". Salvo Gengis Khan. Morrer nunca foi um problema para certas culturas. Especialmente morrer por uma boa causa, pelo destino. A vida só tinha sentido se valesse a pena morrer por ela.

Ir a Samarcande tornou-se o equivalente de ir ao encontro do seu destino. Samarcande quer dizer "lugar de encontro" ou "lugar de conflito". Ao retornar ao jornalismo diário e prestes a embarcar para uma viagem à China, eu me sentia chegando a Samarcande. Pensei em dar um pulo a Samarcande para render homenagem ao espírito de Jean Baudrillard. Iria sem encontro marcado. Samarcande, disse Omar Khayamm, pode estar em qualquer lugar. Voltei a pensar nisso tudo, faz algum tempo, quando morreu uma tia minha, uma mulher que praticamente não saiu do seu "bled", seu rincão, seu lugar, um lugar chamado Florentina, a sua Samarcande. Passei minhas férias da infância na casa dela. Ficava no fundo de um campo. Quase ninguém passava por lá. Mas ela encerava o chão da sala, onde ninguém entrava, todo dia. Deixava a casa brilhando. Amava o seu lugar. Cuidava dele. Fazia-o pelo seu prazer. E pelo amor aos seus.

Nunca fugiu de Samarcande.

Nós, os humanos

Vejamos esta lista: Anders Behring Breivik, Thomas Hobbes, Charles Darwin, Michel Houellebecq, eu, Maurice Dantec, João Ubaldo Ribeiro e lobos-marinhos. O que pode haver de comum entre esses elementos tão díspares e disparatados, salvo os lobos? Breivik é o serial killer norueguês. O inglês Hobbes, cientista político, filósofo e matemático, algo comum no século XVII, antes que política e matemática se tornassem inconciliáveis, refletiu sobre a natureza humana. Teve uma sacada digna de um publicitário: o homem é o lobo do homem. Darwin, o pai da teoria da evolução das espécies, disse que um chacal dorme dentro de cada um de nós e pode acordar a qualquer momento. Podemos sempre involuir. Michel Houellebecq e eu tivemos uma conversa, na Patagônia, sobre lobos-marinhos, bichos considerados por ele como de baixo nível, superados, talvez, só por bebedores de cerveja atolados em sofás vendo jogos de futebol na tevê.

O escritor brasileiro João Ubaldo Ribeiro afirmou outro dia que nós, humanos, pertencemos a uma "especezinha" muito criticável. Muita gente antes e depois de todos os citados aqui já tentou fixar o que separa o homem das demais espécies? Por exemplo, o que separa o homem, mesmo o bebedor de cerveja, de um lobo-marinho esparramado em cima de um rochedo gelado? Os otimistas encontraram bonitas respostas para essa questão metafísica: a consciência, a inteligência, a capacidade de produzir arte, a consciência da finitude, a certeza da morte, a crença num ser superior, a fala e até a aptidão para distinguir 183 tipos de cerveja. A mortandade de inocentes provocada por Anders Behring Breivik sugere outra resposta: a estupidez. Que outro animal mata por ressentimento ou inveja? Que outro bicho executa os semelhantes em massa por não suportar algumas diferenças?

Tudo isso eu vi descrito magistralmente no romance de Maurice Dantec, *Raízes do mal*. E ainda tem quem não o entenda ou duvide da sua qualidade. Anders Behring Breivik é o Andreas Schaltzmann de Dantec. O chacal não para de espalhar-se pelo mundo sinalizando um momento de involução da nossa espécie. O homem já não é o lobo do homem. Bom seria se fosse o lobo-marinho do homem. Bastaria distribuir sofás. É o chacal. Com certeza o único ser que mata por crença e ideologia. A espécie inteira tem culpa pela loucura de Breivik? Claro que não. De qualquer maneira, é uma espécie sob suspeita, a única, em princípio, a abrigar indivíduos capazes de praticar o mal em nome de um suposto bem. O serial killer glacial será certamente considerado um doente. Isso muda algo? Elimina a sua responsabilidade? Absolve a sua espécie?

Para quando a próxima chacina? Parece que agora só muda o cenário: Estados Unidos, um subúrbio do Rio de Janeiro, Oslo. Talvez tenhamos encontrado a resposta definitiva para o enigma humano: a única espécie com indivíduos prontos a matar seus semelhantes por insatisfação consigo mesmos. Uma "especezinha" capaz do melhor e do pior, especialmente do pior. Cada vez mais.

Estou de olho no meu chacal.

Os bordados do Lampião

Rolou de novo um babado muito quente: o cabra-macho Lampião, o rei do Cangaço, seria gay? E daí, cara? Esse papo não é novo, mas sempre que retorna causa o maior estresse nas hostes dos admiradores do iluminado matador. Tem gente dizendo que Virgolino Ferreira da Silva era chamado, na alcova, de "rainha do sertão". Não vejo ofensa nenhuma nisso. Mas nem todo mundo pensa assim. E tem quem se ofenda profundamente. O escritor francês Dominique Fernandez garante que *Grande Sertão: veredas*, obra-prima de Guimarães Rosa, conta a história de um amor homossexual entre Riobaldo e Diadorim. Nonada, Riobaldo seria biba sem o saber. Bem entendido, essa é só uma maneira de falar para entrar no espírito da coisa. Eu teria mais simpatia por esse casal de ficção se ele saísse do armário ao final do livro. Conheço, porém, um intelectual que fica pê da vida quando ouve "heresias" desse quilate. Por que não? O sertão é um mundo. Uau!

O babado é mesmo com Lampião. Um juiz sergipano aposentado, Pedro de Morais, escreveu um livro sobre as tendências ou opções sexuais do cangaceiro mais temido e conhecido de todos os tempos, *Lampião, o mata-sete*. A família do lendário personagem foi à justiça para, em nome da honra do antepassado famoso, impedir a publicação do material infamante. Conseguiu. Bandido, sim, com muito orgulho, gay, não. Essa posição diz muito sobre o imaginário de alguns brasileiros.

Morais, pelo jeito, tem uma língua de trapo. Deve tirar a maior onda. Lampião dormiria nos pelegos, para usar uma linguagem gaudéria, do companheiro de lutas Pedro Mendes, que, matador implacável, traçaria também a Maria Bonita, que não era de se jogar fora. Em outras palavras, ménage à trois no sertão. Muito romântico. *Brokeback Mountain* na caatinga. Qual o problema? Os brutos também cedem. Ora!

Não conheço Pedro Morais. Nem li o livro. Está censurado. Diz-se que Lampião começou a ser chamado de "fresco" por gostar de bordar nos momentos de ócio, entre um confronto com a volante e outro, para aliviar a tensão. Faz sentido. Mais grave seria o seu apreço pelo perfume francês "fleur d'amour". Parece que isso é muito sério, o mesmo valendo para gaúcho apaixonado pelo perfume "príncipe negro". Revisionismo histórico? Maledicência? Como é que a revista *Oia* ainda não deu duas páginas para essa nova leitura da História? Ou deu e eu não li? A *Oia* adora livros como os de Leandro Narloch, que fazem revelações fantásticas sobre o nosso passado recente, tipo a culpa da escravidão era dos negros africanos. Narloch foi um dos meus premiados do ano. Ganhou o troféu Jair Bolsonaro instituído por mim para homenagear os caras mais reacionários do ano. Venceu vários destacados lacerdinhas da mídia odontológica.

Lampião era ou não?

Tem uma fila de historiadores para afirmar que não, de jeito maneira, era não. E se fosse? Diminuiria o apreço de alguns por esse Robin Hood sertanejo? Se era, por que não falar disso? Zumbi dos Palmares também seria gay. Que coisa! Só nas revoluções gaúchas não teria havido jamais um caso de homossexualismo. Que estranho! Lampião, eu não sei. Mas que Riobaldo era, ah, isso era.

Último tango

Houve um tempo em que os filmes provocavam escândalos. O cinema era indústria, mas também era arte. A arte tinha como papel provocar e dar bofetadas metafísicas nas faces rotineiras da humanidade para que ela deixasse de ser besta. *O último tango em Paris*, do italiano Bernardo Bertolucci, com Marlon Brando, 48 anos, e Maria Schneider, 19, levaram a arte, a indústria cultural e o escândalo ao seu ponto culminante. Poucas vezes um filme chocou tanto, provocou tanto ódio e tanto entusiasmo. Senhoras de bons costumes vomitavam na frente dos cinemas. Críticos competiam para fazer o elogio mais ditirâmbico, no estilo "melhor de todos os tempos", espectadores faziam filas intermináveis para ver logo o que nenhuma pessoa interessada em cultura poderia perder.

O filme deixou duas pessoas traumatizadas. Maria Schneider, que se diria humilhada e, de certo modo, estuprada, especialmente na famosa cena de sexo em que seu parceiro usa manteiga como lubrificante, e o próprio Marlon Brando, que também se declararia violentado pelo que aceitara fazer. Mesmo quem viu o filme apenas 14 anos depois do seu lançamento, já diluído pelo tempo e pela rápida evolução dos costumes, não ficou imune ao seu impacto erótico e cultural. É a história de um homem e uma mulher que se encontram num apartamento que cada um pretende alugar e começam, em total desconhecimento de tudo um do outro, a relacionar-se sexualmente. A tensão sexual transforma-se numa espécie de vertigem. Tudo parece ser possível e, ao mesmo tempo, insuportável.

Ator e atriz perderam a noção de separação entre filme e vida real e entraram numa nebulosa relação de desejo, competição e alguma perversidade, entre complexo de Édipo, paternalismo (o pai dela nunca a reconheceu), romantismo doentio ou pura sacanagem. O diretor deixou rolar e até apimentou a coisa com declarações fortes para fazer o produto decolar. Tudo passa. Assim como a geladeira, que já foi uma das mais revolucionárias invenções da humanidade, ronrona anônima em nossas cozinhas, *Último tango em Paris* é um filme comum. O belíssimo Marlon Brando e a jovem sensual Maria Schneider perderam-se no imaginário de um tempo em que, num filme, um homem era capaz de pedir a uma mulher que transasse com um porco. A era dos escândalos artísticos acabou. O artisticamente correto venceu. Ou foi a mediocridade?

Maria Schneider morreu em 2011. Pelo jeito nunca se curou totalmente dessa experiência inicial que marcou a sua carreira. Confessou que as suas lágrimas no filme eram verdadeiras e chamou o diretor de cafajeste. A justiça italiana chegou a decretar a destruição das fitas, mas algumas escaparam. Bernardo Bertolucci disse que gostaria de ter pedido desculpas à atriz, morta aos 58 anos de idade, de câncer. Desculpas pelo quê? Por ter jogado sobre os ombros dela, tão jovem e inexperiente, um sucesso acima das forças da maioria das pessoas. Teve 39 anos para desculpar-se. Não encontrou tempo. Ou não teve coragem. Não se faz grande arte com bons sentimentos.

Chico é Chico

"Lindo", era o que se ouvia. Afinal, Chico é Chico. Um dogma não se desmente. Eu sempre vou. Pois Chico é Chico. Centenas de mulheres de todas as idades, com ênfase nas de mais de 40 e menos de 80, lotaram o Teatro do Sesi, situado quase na zona rural de Porto Alegre, para ouvir Chico Buarque cantar músicas novas, que não emocionaram muita gente, e clássicos, que arrancaram gritos, vamos dizer, de entusiasmo. A expressão gritos histéricos seria indelicada com uma plateia tão seleta. As moças capricharam no visual. Foi um desfile de tubinhos pretinhos básicos. Há tempos eu não via tantas mulheres vestidas para matar ainda que acompanhadas dos maridos com ar ligeiramente mortos, aquele tom bovino de quem segue a marcha serena do rebanho, a começar por mim.

E Chico arrasou com seu ar mortalmente blasé. Parecia indiferente a tudo, salvo aos problemas de retorno no som. Desprezou solenemente, como deve fazer uma estrela megaprofissional, os gritinhos, gemidos, suspiros, sussurros e declarações de amor das fãs entregues. Nada melhor para despertar a paixão das mulheres do que um olhar blasé bem calibrado. Mas precisa ter bala na agulha para isso. E, de preferência, algumas centenas de canções de primeira linha. Chico também vestia o seu pretinho básico. A sintonia com o preto foi total. Faltou energia elétrica no teatro duas vezes. Tuitei, seguindo o impulso da massa, para loucura das fêmeas, sei que a palavra é brutal, peço desculpas, ausentes: "Tô no escuro com

Chico". Explodiram suspiros virtuais. Que homem, meu Deus! Sim, Chico é mesmo Chico. Como o Velho Chico, está meio assoreado, mas sempre flui.

Para meu gosto, prejudicado pelo fato de que sinto ciúmes de qualquer homem capaz de seduzir mulheres de mais de 60 anos, valeu. Saí tranquilo: as de mais de 80 continuam comigo. Chico cantou "Teresinha", uma das suas obras-primas, e "Geni", uma das melhores denúncias da hipocrisia social já feitas ao sul do Equador. Ele continua compondo, escrevendo romances e jogando futebol. Na fase atual, está melhor em campo. Quem tem um patrimônio musical como o dele, numa boa, pode largar tudo e dedicar-se às peladas. Não faltam candidatas. O cara faz por merecer. A concorrência também não ajuda. Quer dizer, não atrapalha. Não serão o Luan Santana e o Michel Teló a desbancar Chico no coração das mulheres com massa cinzenta, imaginários românticos mais sofisticados e roupas de domingo absolutamente fashion. Pude sentir centenas de nuanças dos melhores perfumes franceses.

O pré-show é sempre um espetáculo à parte, com aquelas pessoas elegantes tomando espumante e contemplando, que coisa!, os demais justamente com um ar blasé bem estudado, mas nem sempre bem calibrado, o que exige o chamado traquejo. Tudo porque Chico é Chico. Claro, sempre tem quem estrague o cenário segurando uma vulgar garrafa de cerveja. Se bem que as long neck possuem o mínimo de charme para manter o decoro. A saída é outro momento essencial. Só se ouve uma expressão das bocas femininas: "Chico é Chico". Às vezes, escuta-se um complemento extasiado: "Chico é Chico mesmo". Sempre. Os maridos, sonolentos, balançam a cabeça rumo aos carros.

Greve contra a corrupção

Na vida, o importante é buscar alternativas. A corrupção, no Brasil, é um problema tão velho quanto o sexo. É verdade que a corrupção é uma questão mundial, assim como o sexo. A ciência ainda não provou a existência de uma relação direta entre sexo e corrupção, algo como quanto mais sexo mais corrupção. Num caso desses, hipótese a ser trabalhada, haveria certamente manipulação dos dados, ou seja, corrupção na pesquisa. Certo é que o combate à corrupção no Brasil precisa de novos instrumentos e estratégias. O uso das redes sociais não basta. Ajuda. Mas é muito pouco. Na Colômbia, mulheres fizeram greve de sexo em defesa da pavimentação de uma estrada. Chamaram o movimento, ou a falta de movimento, de "pernas cruzadas". Surtiu efeito. O governo prometeu asfaltar 27 dos 57 quilômetros da rodovia. A líder da greve, ao saber da vitória, ainda que pela metade, vibrou: "Esta noite compareceremos diante dos nossos maridos. A vontade era muito grande e é preciso aproveitar". Um crítico amargo de qualquer movimento social teria exclamado: "O governo abriu as pernas".

Será que o fato de o governo não se comprometer a pavimentar toda a via levará as mulheres a praticar coito interrompido? A questão parece vulgar, mas faz sentido. Um novo pacto será feito. As colombianas não dão mole. Querem algo em troca. Com elas, é dando que se recebe ou é recebendo que se dá. É o famoso toma lá dá cá. Tudo isso para dizer que só a greve de sexo pode acabar com a corrupção no Brasil. Se as mulheres cruzarem as pernas algo acontecerá. A greve de sexo foi inventada pelas mulheres gregas, o que não deve ter sido difícil, pois os gregos antigos preferiam a parceria dos seus colegas guerreiros. Insisto, só a greve de sexo salva o Brasil da corrupção que se espalha como uma doença venérea. O problema da greve de sexo no Brasil é a corrupção. Por baixo do edredom poderá haver suborno, trapaça e propina. A greve de sexo para ter efeito exige uma extraordinária determinação moral e cívica. Apesar da ternura e do desejo, é preciso endurecer-se. Opa! Foi só um lapso.

Outro problema da greve de sexo no Brasil é o controle. Quem iria fiscalizar? Os fiscais não poderiam ser subornados? Por exemplo, em troca de sexo? Não apareceria gente pagando para dizer que furou a greve? Câmera seria ético? Greve de sexo no Brasil acabaria, com certeza, em sacanagem. O Brasil não é a Colômbia. Como fazer greve de sexo e, ao mesmo tempo, assistir aos capítulos das telenovelas e aos comerciais de cerveja praticando incitação explícita ao encontro dos corpos? Há quem garanta que a corrupção no Brasil só existe por causa do sexo: dinheiro é capital sexual. Como se vê, a questão é de duplo sentido: dar menos ou mais? Por enquanto, o normal não passa de 10%. O Brasil está mais para braços cruzados do que pernas cruzadas. Uma greve de sexo estimularia a geração de pelegos e de fura--greves. Seria terrível para a cultura sindical. A corrupção prostitui. O Brasil, pelo jeito, vai continuar no vício. Em alguns lugares, porém, nem a corrupção funciona mais.

Com licença que vou fazer uma manifestação.

Merval, o imortal

O jornalista Merval Pereira foi eleito na semana passada para o lugar de Moacyr Scliar na Academia Brasileira de Letras. Merval nunca escreveu um livro. Não precisa. Até atrapalha. Ele publicou duas obras: uma coletânea de artigos de jornal e outra de reportagens. Esta, a bem da verdade, em parceria. Deveria ceder uma beirinha da sua lustrosa cadeira de novo imortal? A ABL tem 40 membros. Na melhor das hipóteses, sete são escritores: João Ubaldo Ribeiro, Lygia Fagundes Teles, Nélida Piñon, Ariano Suassuna, Carlos Heitor Cony, Carlos Nejar e Paulo Coelho. Lygia merece estar na ABL. Escreveu bons livros e parou. Imortalizou-se em vida. Cony escreve bem. Ariano é um personagem rocambolesco da sua própria obra. Paulo Coelho é muito ruim, mas é autor de livros.

Quem já ouviu falar em Luiz Paulo Horta, Alberto Venâncio Filho, Antonio Carlos Secchin, Arnaldo Niskier, Cícero Sandroni, Evaristo de Moraes Filho, Marco Lucchesi, João de Scantimburgo, Cleonice Berardinelli e Tarcísio Padilha? Ninguém. Salvo por outras razões. Eles publicaram livros. Seria melhor que não o tivessem feito. Pior é esta outra lista cujos nomes são muito conhecidos: Marco Marciel, Ivo Pitanguy, José Sarney, Eduardo Portella e Celso Lafer? Todos imortais. Acho que alguns até já morreram e, de tão imortais, foram esquecidos na página da ABL. A eleição de Merval Pereira pode ser explicada de maneira muito sofisticada:

os acadêmicos queriam puxar o saco da Rede Globo e quem sabe um dia contar, graças ao colega, com uma resenha favorável em *O Globo* ou, apogeu da glória, uma passagem no Faustão.

Literatura no Brasil é ficção. Só faz sucesso o que tiver supostamente valor utilitário (biografias, autoajuda, a história contada por jornalistas, depoimentos de um pai, de uma filha, de uma mãe, crônicas edificantes da mulher moderna ou artigos de um empresário bem-sucedido) ou tiver transferência de capital simbólico de um bolso para outro, tipo romance de Chico Buarque, ou seja, livro de celebridade. Desconheço um só livro de ficção (romance, digamos, "romance") escrito por um desconhecido ou simplesmente não famoso que tenha vendido 500 mil exemplares. Muitos leitores brasileiros não gostam de ficção: gostam de celebridades e de conselhos. Alguns escritores conseguem o chamado "sucesso de estima", algum prestígio em cadernos culturais, o que os torna "famosinhos" e permite certa pose e vendagem mediana. Dá para o gasto. Se duvidar, até enche barriga.

Merval na ABL é a cara da literatura brasileira. Puro jogo de cena. A ABL é um simulacro do Senado. O Sarney, não por acaso, faz parte de ambos. Um escritor de verdade, como Ferreira Gullar, nem se candidata. Não quer pagar mico. Sabe que está acima dos "imortais". Se for à ABL, como convidado, será para dar autógrafos ou entrevistas a bicões da categoria de Merval. Sartre recusou um Nobel da literatura. Merval, da escola Sarney, jamais teria a grandeza de recusar a imortalidade tropical. A ABL pensa abrigar imortais. É apenas o túmulo da nossa literatura. Merval ainda é novo. Tem tempo para muita coisa na vida. Até para escrever um livro. Um só.

Bela, belo

Admito: sou um romântico incurável, aquele que, como diz Roberto Carlos, ainda manda flores. Para a Cláudia. Três vezes, no mínimo, por ano. Duas só pelo dia dos namorados. Em fevereiro, São Valentim, data em que se comemora o dia dos namorados em muitos lugares, inclusive na França, e em junho. Sou romântico. Está dito. Quando chega a primavera, desabrocho. Fico ainda mais apaixonado. Pela Cláudia e pelo cotidiano da cidade. É nele que acontece o extraordinário de cada dia, o fantástico da banalidade, o reencantamento do mundo. Já contei aqui muitas cenas estupendas que presenciei nas ruas de Porto Alegre. Por exemplo, aquela da moça linda, com uma mão apinhada de livros e a outra segurando um guarda-chuva, cujo cadarço do tênis desamarrou. Um guri da idade dela simplesmente se abaixou e, no meio das poças de água, amarrou o tênis dela. Levantou, sorriu e se foi. Lindo.

Um desconhecido. Belo como ela. Nem pediu o telefone. Pensei que jamais veria nada semelhante outra vez. Pois não é que, na semana passada, na frente do Mercado Público, vi uma cena que me emocionou? Na minha frente, com o sol lambendo a praça, andava sinuosa uma mulher, magra, alta, mas não muito, cabelos longos, esguia, perfeita, fazendo-me pensar num poema de Charles Baudelaire que traduzi chamado "A uma passante". Estava sendo montada a Feira do Pêssego. Restava apenas um brete para os transeuntes.

Cabos escorando a estrutura erguida avançavam sobre a passagem como perfeitas armadilhas. Na direção contrária à nossa, vinha um homem titubeando, com os pés passando a milímetros daqueles laços presos ao solo. A queda parecia imediata.

Um cego. A deusa que andava à minha frente (desculpem-me, mas não encontro outra imagem mais precisa do que esse clichê) deu um passo e sussurrou algo que não ouvi. O cego parou. Ergueu o rosto. O sol acariciou-lhe a face. Havia força, dignidade e calma no seu rosto. Devo dizer que havia mais: virilidade. Parecia um lobo farejando o vento. Por um segundo, ninguém se mexeu. Eu vi, juro, a cidade imóvel. Lembrei do título de uma peça famosa: *Um grito parado no ar*. A prefeitura, com sua fonte, era um cartão-postal sem qualquer imperfeição. A mulher aproximou-se ainda mais do homem. Por um segundo, pareciam fundidos. Então, suavemente, ela o pegou pela mão. Virou-se. Caminharam na minha direção. Não me mexi. Achei que flutuavam. Delirei.

Aquela cena tinha a cor e o sabor de uma taça de champanha que eu havia bebido na véspera. Será que eu ainda estava bêbado? O cego e a bela seguiam lentamente. Tentei pensar que nada havia de extraordinário naquilo. Que interessava se a moça era linda? Que importava se o homem era cego? Qualquer um, bonito ou feio, teria feito o mesmo. Não adiantou. Meu cérebro se recusava a processar essa ideia. Cheguei a silenciosamente me rotular de preconceituoso. "Qual é, cara", eu me disse, "toda essa história só porque o sujeito não enxerga e a guria é gostosinha?" Inútil. Eu me via deslumbrado com a situação. Foi aí que ouvi uma voz se elevar:

– Sai da frente, taipa!

Bardot e o tempo

Houve um tempo em que eu achava Brigitte Bardot a mulher mais bonita do mundo. Nesse tempo, eu não tinha a menor noção do tempo, embora, sendo criança, considerasse que o tempo passava lentamente. Eu não sabia, mas, muito precoce, tinha pressa de envelhecer. Nesse tempo, agora distante, não havia previsão do tempo na televisão. Nem televisão. Lá em casa. A informação vinha pelo rádio, vencendo chiados e pilhas fracas. Ou pelo trem, que estava longe de ser bala. Brigitte Bardot chegava em revistas amareladas pelo tempo. Brigitte me fazia perder tempo. Eu esquecia de fazer os temas. Como podia ser tão gostosa? Estávamos em 1968. Eu tinha seis anos. Ela, 34. Algumas moças diziam que ela já estava velha e acabada.

Assim que aprendi a ler, decifrei um texto numa revista *Fatos&Fotos*, se o tempo não me trai a memória, que falava do filme *E Deus criou a mulher*, de 1956. A mulher era Brigitte Bardot. Pela primeira vez entendi as palavras do padre sobre a grandeza da obra divina. Rezei. Era um tempo vertiginoso, diziam os mais afoitos. Naquela década, o homem pisara na lua, as mulheres passaram a usar calças compridas e minissaia. A pílula anticoncepcional diminuía o tamanho das famílias, liberava o sexo da reprodução e abalava casamentos. O rock sacudia as hierarquias. Os hippies assustavam homens provectos. Tudo parecia se acelerar como nunca. O tempo passava. Quem diria que, 40 anos depois, aquele tempo seria visto quase como um tempo morto perto da hipertemporalidade de hoje? Era um tempo bom para mitos. Não se guardavam muitas imagens dos grandes feitos, o que os favorecia.

O gol era visto nos estádios, ao vivo, sem replay. Acontecia numa fração de segundos e ficava plasmado para sempre nas memórias, imutável por falta de outros ângulos, até se converter, por força dos buracos das lembranças, numa obra hiper-real, mais real do que o real, indescritível. Com o replay e a câmara lenta, o gol real perdeu a graça. Quem vai ao estádio e vê o gol, fica com a sensação de que falta algo. Falta a prótese, a técnica, o replay, o gol hiper-real, mais real do que o real, o gol da televisão, o gol multiplicado. Ainda que neste novo tempo os estádios já comecem a ter telões. No futuro, iremos a campo para ver o jogo na televisão. Estamos cada vez mais velozes. Pilotamos carros sempre mais potentes, capazes de andar a mais de 200 km/h. O único problema são os engarrafamentos sempre maiores, que transformam essas máquinas incríveis em carroças paradas.

O tempo da tecnologia fez o mundo encolher. Nossa percepção está afetada. Vemos tudo em tempo real. O tempo de antes era mesmo irreal. Tempo mítico, cheio de falhas, lento, de cadeiras nas calçadas. Achamos que há mais violência agora. É uma ilusão do nosso tempo exagerado. Toda violência nos chega imediatamente graças às novas tecnologias da informação. Outro dia, vi uma imagem de Brigitte Bardot. Meu Deus, o que o tempo fez com ela? Comentei isso com amigos. Uma senhora ouviu. Puxou-me a orelha com sabedoria: "Fez o que faz com todos nós". É.

Lima, o maldito

Sem maldição dificilmente há obra-prima. Só conversa fiada. Falta choque. O mais importante e genial escritor maldito brasileiro foi Lima Barreto. Filho de um ex-escravo, o mulato Lima Barreto nasceu coincidentemente num 13 de maio (de 1881). A sua mãe, também filha de escravos, foi professora do primário. Morreu cedo. O pai de Lima enlouqueceu, o que impediu o filho de concluir o curso de mecânica na Escola Politécnica. Precisou trabalhar cedo. Tudo na vida do autor de *Triste fim de Policarpo Quaresma*, publicado há 85 anos, foi tragédia. Ele se tornou alcoólatra e foi internado duas vezes num hospício. A experiência forneceu-lhe dados e inspiração para *Diário íntimo* e *Diário do hospício*. Em 1920, há 90 anos, escreveu seu *Cemitério dos vivos*, o resultado do contato com os "alienados", que só sairia em 1953.

Lima Barreto foi polemista, panfletário e colaborador de jornais. Esculhambou sempre que pôde a República Velha, simpatizou com o anarquismo e com o socialismo, debochou dos psiquiatras e da ciência obtusa que praticavam, ridicularizou os afetados, que buscavam em palavras estrangeiras uma maneira de dissimular a mediocridade, detonou os compadrismos da imprensa e jamais deu mole para os literatos da sua época, que faziam sucesso escrevendo como se dessem "continuação ao exame de português jurídico". A Academia Brasileira de Letras, fundada pelo também mulato Machado de Assis, o rejeitou em todas as suas tentativas de nela ingressar. Lima escrevia com as mãos, praticava um português coloquial, falava língua de gente, comprometia-se com as principais causas do seu tempo, chicoteava os imbecis e fazia da sátira uma arma mortal contra seus inimigos.

O maldito Lima Barreto escrevia sobre os excluídos e para os excluídos. Morreu aos 41 anos de idade. Viveu e morreu à margem. Eis um escritor. Nunca se dobrou. Procura-se um assim na atualidade. Deixou de publicar na revista *ABC* por ela ter dado guarida a um texto racista. Colocou-se ao lado dos trabalhadores nas greves de 1917. Lima Barreto buscava a glória literária. Em *O cemitério dos vivos*, anotou: "Ah! A Literatura ou me mata ou me dá o que eu peço dela". Ainda no hospício, observou com lucidez: "Decididamente, a mocidade acadêmica, de que fiz parte, cada vez mais fica mais presunçosa e oca". A sua ironia é avassaladora: "Todas essas explicações da origem da loucura me parecem absolutamente pueris [...] Até hoje, tudo tem sido em vão, tudo tem sido experimentado; e os doutores mundanos ainda gritam nas salas diante das moças embasbacadas, mostrando os colos e os brilhantes, que a ciência tudo pode". Quer mais? Vai ler o Lima.

Por que estou falando de Lima Barreto? Nem precisaria razão. Ele é maravilhoso. Mas também porque li na mídia que existe agora um grupo de pessoas chamadas de "fashionistas". Já tinha ouvido esse termo ridículo? São idiotas que se consideram os donos do bom gosto. Policarpo Quaresma queria que se adotasse o tupi como língua oficial no Brasil. Eu também. Se não der, que mandem os fashionistas para o hospício. São alienados.

Eu também.

A mulher que raspava latas

Esta é a história de uma mulher cuja grandeza eu levei 30 anos para compreender. Como pude estar cego durante tanto tempo? Ela era muito pobre e triste. Tinha essa feiura que não vem da natureza, mas da sociedade. Não é a loucura que enfeia, mas a extrema pobreza na qual vivem muitos doentes. A miséria entortara o seu corpo. Passava parte dos dias raspando latas para fazer copos e panelas. Creio que depois de alguns anos passou a raspar latas somente por hábito ou por desespero. Terminava de fazer um copo, colocava-o de lado e começava outro automaticamente. Trajava molambos. Seu marido ficava horas acocorado na frente da casa, um rancho de madeira coberto de capim. Às vezes, tinha a companhia de um irmão e de um cão. Tomavam sol. Era uma das poucas coisas de que dispunham sem precisar mendigar ou pedir licença.

Menino, eu sentia medo daquela mulher. Adolescente, tinha por ela certo desprezo. Silenciosamente, do alto da minha ignorância juvenil, eu a condenava por não se arrancar daquela penúria. Seus quatro filhos surgiam de repente, perto do meio-dia, querendo vender um solitário copo de vidro, daqueles de massa de tomate, na tentativa de arranjar alguns centavos para, quem sabe, comprar algo de comer. Lembro-me de que muitas pessoas criticavam aquela família que se desfazia dos seus poucos bens. Outros eram ainda mais duros e destilavam um ódio sem compostura. Por que não iam trabalhar? Onde teriam roubado aquele copo? Sob o sol escaldante dos verões, lá iam aqueles jovens esquálidos em busca de um improvável comprador. Em casa, a mulher, a mãe, maldizia o mundo.

Falei dela em dois romances, *Cai a noite sobre Palomas* e *Fronteiras*. Dei-lhe o nome de Vilma. Ela existiu de fato. Tinha na sua realidade uma existência de personagem. A verdade é que eu nunca a esqueci. Aos poucos, fui percebendo que ela lutava com unhas e dentes pelos seus. Um dia, num arroubo, entrei na sua cozinha. Ela fervia pedras numa das suas latas. Nada havia para comer. Eu tinha lido uma história em que alguém muito pobre cozinhava pedras e saí rindo. Aquilo só podia ser coisa de uma desvairada. Contei para todo mundo. Rindo.

Escutei muitas gargalhadas. Nada enfurecia mais aquela mulher do que ouvir insultos aos seus filhos. Não aceitava que os chamassem de vadios ou de ladrões. Corria atrás dos meninos que a feriam ofendendo seus rebentos. Jogava as suas latas raspadas nos implicantes. O seu filho mais velho tinha um imenso talento para transformar pedras em esculturas. Fazia pequenas igrejas. Dele, o artista intuitivo, todos diziam que era louco como a mãe. O filho mais novo só parecia feliz quando soltava pandorga. Dependia para isso de algum doador. Salvo quando uma pipa se perdia no fundo de um campo e ele caminhava até encontrar seu tesouro. Era o louquinho. Aquela mulher tinha duas filhas. Uma delas era a Sul. Eu as achava bonitas. Mas como podiam ser bonitas as filhas da louca? Confessar isso era virar motivo de chacota. Levei 30 para entender que aquela mulher protegia os filhos e enfrentava de mãos nuas o desamparo absoluto.

Foi minha primeira grande lição de vida.

Certos dias, ainda ouço o som das suas latas.

Partícula de Deus

A ciência entrou em festa. Está quase confirmada a existência do bóson de Higgs, a chamada "partícula de Deus". Ela já foi, digamos, vista uma vez pelos cientistas. A ciência, porém, só acredita no que se repete. Todo mundo passou a falar disso. Encontrei um ateu que exclamou com um sorriso cínico: "Descobriram a partícula? Que bom! Agora só falta descobrir Deus". Conversei com um religioso que fez logo uma ressalva: "Partícula? Não tem. Deus é indivisível". Peter Higgs, o homem que empresta o sobrenome à tal partícula, duvida que se possa encontrar alguma utilidade para ela. Gostei disso. Algumas das coisas mais importantes da vida são, de certo modo, inúteis. Por exemplo, a poesia. Para que serve mesmo a poesia? Para emocionar, encantar, falar de amor, fazer compreender o incompreensível da existência. Bem, sendo assim, a poesia é útil. Poucos sabem disso.

Eu acho a poesia uma partícula de Deus. Assim como a música. Se Michel Teló não estiver incluído. A origem do universo me fascina. Penso no big-bang com frequência. À noite. Por quê? Não sei. O que havia antes da origem? Não vou repetir todas as velhas questões do tipo "se Deus criou o mundo, quem criou Deus?" O grande romancista e intelectual italiano Umberto Eco adora responder a uma pergunta que ele mesmo faz: "Por que existe algo em vez de nada?" Por que mesmo? "Porque sim". É uma citação. É tão difícil saber quando

Eco não está citando quanto saber quando Woody Allen não está falando de si mesmo.

Tenho prestado a atenção em todas as reportagens sobre o bóson de Higgs. Continuo sem entender. Na Wikipédia, colhi esta definição esclarecedora: "Todas as partículas conhecidas e previstas são divididas em duas classes: férmions (partículas com spin da metade de um número ímpar) e bósons (partículas com spin inteiro)". Ah, bom! A culpa não é da ciência, nem dos bósons. É minha. Sou limitado. Compreendi, no entanto, que a "partícula de Deus" ajuda a explicar a origem da massa das outras partículas. O problema do bóson de Higgs é que se trata de algo mais efêmero que a fama de certas celebridades da televisão. Tenho um amigo que implicou de cara com o bóson. Torceu o nariz: "O que a gente ganha com isso?", disse. Depois de alguns minutos de um silêncio meditabundo, completou: "Sim, é humilhante".

– Sim? – esse "sim" me desconcertou totalmente.
– Sim.
– Humilhante?
– Humilhante.
– Sim, humilhante?
– Isso mesmo.
– Como assim?
– Não consigo entender o que significa.

Dei-lhe razão. Concebi prontamente uma lei. Científica. Para algo recorrente em situações equivalentes: quanto mais alguma coisa é importante, menos eu a compreendo. Melhor: uma coisa é sempre mais importante na medida em que eu menos a compreendo. É a Lei do Tolo. O bóson vai me levar de volta ao psicanalista. O Higgs não me incomoda. Mas esse bóson!

A falsa feia

Que me desculpem as lindas, mas Porto Alegre tem o seu charme. A jovem capital gaúcha (apenas 240 aninhos) é uma falsa feia. Certo, não tem as curvas do Rio de Janeiro nem o refinamento de Paris. As suas virtudes são outras. É preciso saber navegar no seu corpo para descobri-las. Porto Alegre é como a falsa magra: esconde quadris voluptuosos. Ou como a gordinha esbelta. Nua, revela encantos incríveis. Eu sou apaixonado pelo Rio de Janeiro e por Paris, mas não abandonaria Porto Alegre por elas. Começa que o Guaíba é muito mais lindo do que o Sena. Inter e Grêmio, proporcionalmente, mais poderosos do que todos os clubes cariocas reunidos. A assustadora São Paulo não pode concorrer com nossa brejeirice sutil.

Cada um tem os seus lugares em Porto Alegre. Cultivo com carinho os meus. Não que vá seguidamente a todos eles. Guardo-os na memória afetiva. Quando cheguei a Porto Alegre, em 1980, com 17 anos de idade, considerei-a a maior cidade do mundo. Muito maior do que Livramento, a minha referência. Hoje, gosto de saber que ela não é grande assim. Quando estou viajando, depois de 15 dias, sonho com uma picanha sob as árvores do Barranco. Não tem preço. É a mistura do tradicional com o moderno. Essa mesma sensação eu tenho no Gambrinus, no Mercado Público, ou no italiano Copacabana. Lugares com personalidade. Meu coração guarda um lugar especial para a Lancheria do Parque, no Bom

Fim, onde o interior e a capital se misturam como num conto pós-moderno. A beleza de Porto Alegre não passa necessariamente pela sofisticação redundante, embora a Padre Chagas e suas adjacências cumpram o papel de ser um pequeno Leblon ou algum recanto parisiense estilizado bem ao alcance dos nossos pés.

Aquilo que era defeito em Porto Alegre vai se tornando qualidade: não é gigantesca, possibilita que "todo mundo" de um circuito, como o cultural, se conheça, permite uma vida de bairro, o aeroporto fica quase no centro da cidade, a rodoviária fica no centro, a Feira do Livro é um delicioso encontro à moda antiga na praça central sob os jacarandás floridos, pode-se ir almoçar em casa mesmo morando a 10 quilômetros do trabalho, dá para fazer várias coisas de manhã e de tarde mesmo que em lugares distantes uns dos outros, nossos parques são mais verdes e neles gorjeiam passarinhos como em lugar algum. Somos pequenos. Eis a nossa grandeza! Pequenos, não minúsculos. Grandes estrelas da cultura passam por Porto Alegre o tempo todo. Nossos engarrafamentos, por maiores que sejam, perdem para os das grandes cidades. Ser aldeia e província como Porto Alegre, com ar matreiro e poses ousadas, é a utopia de muita megalópole. Só os muito provincianos querem ir embora. Eu não vou nem amarrado.

Porto Alegre é discreta. Engana os visitantes apressados. Não lhes revela as suas intimidades. Prefere ser desdenhada a ser vista como oferecida. Reserva os seus favores para os que a amam. Porto Alegre é fiel. Falsa feia, cativa para sempre os que por ela se apaixonam. Já vi gente chorar por ela em Paris. Levei alguns anos para entendê-la. Agora, é para sempre. Sim.

Coleção L&PM POCKET (LANÇAMENTOS MAIS RECENTES)

884. **Walden** – H. D. Thoreau
885. **Lincoln** – Allen C. Guelzo
886. **Primeira Guerra Mundial** – Michael Howard
887. **A linha de sombra** – Joseph Conrad
888. **O amor é um cão dos diabos** – Bukowski
889. **Maigret sai em viagem** – Simenon
890. **Despertar: uma vida de Buda** – Jack Kerouac
891(18). **Albert Einstein** – Laurent Seksik
892. **Hell's Angels** – Hunter Thompson
893. **Ausência na primavera** – Agatha Christie
894. **Dilbert (7)** – Scott Adams
895. **Ao sul do lugar nenhum** – Bukowski
896. **Maquiavel** – Quentin Skinner
897. **Sócrates** – C.C.W. Taylor
898. **A casa do canal** – Simenon
899. **O Natal de Poirot** – Agatha Christie
900. **As veias abertas da América Latina** – Eduardo Galeano
901. **Snoopy: Sempre alerta! (10)** – Charles Schulz
902. **Chico Bento: Plantando confusão** – Mauricio de Sousa
903. **Penadinho: Quem é morto sempre aparece** – Mauricio de Sousa
904. **A vida sexual da mulher feia** – Claudia Tajes
905. **100 segredos de liquidificador** – José Antonio Pinheiro Machado
906. **Sexo muito prazer 2** – Laura Meyer da Silva
907. **Os nascimentos** – Eduardo Galeano
908. **As caras e as máscaras** – Eduardo Galeano
909. **O século do vento** – Eduardo Galeano
910. **Poirot perde uma cliente** – Agatha Christie
911. **Cérebro** – Michael O'Shea
912. **O escaravelho de ouro e outras histórias** – Edgar Allan Poe
913. **Piadas para sempre (4)** – Visconde da Casa Verde
914. **100 receitas de massas light** – Helena Tonetto
915(19). **Oscar Wilde** – Daniel Salvatore Schiffer
916. **Uma breve história do mundo** – H. G. Wells
917. **A Casa do Penhasco** – Agatha Christie
918. **Maigret e o finado sr. Gallet** – Simenon
919. **John M. Keynes** – Bernard Gazier
920(20). **Virginia Woolf** – Alexandra Lemasson
921. **Peter e Wendy** *seguido de* **Peter Pan em Kensington Gardens** – J. M. Barrie
922. **Aline: numas de colegial (5)** – Adão Iturrusgarai
923. **Uma dose mortal** – Agatha Christie
924. **Os trabalhos de Hércules** – Agatha Christie
925. **Maigret na escola** – Simenon
926. **Kant** – Roger Scruton
927. **A inocência do Padre Brown** – G.K. Chesterton
928. **Casa Velha** – Machado de Assis
929. **Marcas de nascença** – Nancy Huston
930. **Aulete de bolso**
931. **Hora Zero** – Agatha Christie
932. **Morte na Mesopotâmia** – Agatha Christie
933. **Um crime na Holanda** – Simenon
934. **Nem te conto, João** – Dalton Trevisan
935. **As aventuras de Huckleberry Finn** – Mark Twain
936(21). **Marilyn Monroe** – Anne Plantagenet
937. **China moderna** – Rana Mitter
938. **Dinossauros** – David Norman
939. **Louca por homem** – Claudia Tajes
940. **Amores de alto risco** – Walter Riso
941. **Jogo de damas** – David Coimbra
942. **Filha é filha** – Agatha Christie
943. **M ou N?** – Agatha Christie
944. **Maigret se defende** – Simenon
945. **Bidu: diversão em dobro!** – Mauricio de Sousa
946. **Fogo** – Anaïs Nin
947. **Rum: diário de um jornalista bêbado** – Hunter Thompson
948. **Persuasão** – Jane Austen
949. **Lágrimas na chuva** – Sergio Faraco
950. **Mulheres** – Bukowski
951. **Um pressentimento funesto** – Agatha Christie
952. **Cartas na mesa** – Agatha Christie
953. **Maigret em Vichy** – Simenon
954. **O lobo do mar** – Jack London
955. **Os gatos** – Patricia Highsmith
956(22). **Jesus** – Christiane Rancé
957. **História da medicina** – William Bynum
958. **O Morro dos Ventos Uivantes** – Emily Brontë
959. **A filosofia na era trágica dos gregos** – Nietzsche
960. **Os treze problemas** – Agatha Christie
961. **A massagista japonesa** – Moacyr Scliar
962. **A taberna dos dois tostões** – Simenon
963. **Humor do miserê** – Nani
964. **Todo o mundo tem dúvida, inclusive você** – Édison Oliveira
965. **A dama do Bar Nevada** – Sergio Faraco
966. **O Smurf Repórter** – Peyo
967. **O Bebê Smurf** – Peyo
968. **Maigret e os flamengos** – Simenon
969. **O psicopata americano** – Bret Easton Ellis
970. **Ensaios de amor** – Alain de Botton
971. **O grande Gatsby** – F. Scott Fitzgerald
972. **Por que não sou cristão** – Bertrand Russell
973. **A Casa Torta** – Agatha Christie
974. **Encontro com a morte** – Agatha Christie
975(23). **Rimbaud** – Jean-Baptiste Baronian
976. **Cartas na rua** – Bukowski
977. **Memória** – Jonathan K. Foster
978. **A abadia de Northanger** – Jane Austen
979. **As pernas de Úrsula** – Claudia Tajes
980. **Retrato inacabado** – Agatha Christie
981. **Solanin (1)** – Inio Asano
982. **Solanin (2)** – Inio Asano
983. **Aventuras de menino** – Mitsuru Adachi
984(16). **Fatos & mitos sobre sua alimentação** – Dr. Fernando Lucchese
985. **Teoria quântica** – John Polkinghorne
986. **O eterno marido** – Fiódor Dostoiévski
987. **Um safado em Dublin** – J. P. Donleavy
988. **Mirinha** – Dalton Trevisan
989. **Akhenaton e Nefertiti** – Carmen Seganfredo e A. S. Franchini
990. **On the Road – o manuscrito original** – Jack Kerouac

991. **Relatividade** – Russell Stannard
992. **Abaixo de zero** – Bret Easton Ellis
993(24). **Andy Warhol** – Mériam Korichi
994. **Maigret** – Simenon
995. **Os últimos casos de Miss Marple** – Agatha Christie
996. **Nico Demo** – Mauricio de Sousa
997. **Maigret e a mulher do ladrão** – Simenon
998. **Rousseau** – Robert Wokler
999. **Noite sem fim** – Agatha Christie
1000. **Diários de Andy Warhol (1)** – Editado por Pat Hackett
1001. **Diários de Andy Warhol (2)** – Editado por Pat Hackett
1002. **Cartier-Bresson: o olhar do século** – Pierre Assouline
1003. **As melhores histórias da mitologia: vol. 1** – A.S. Franchini e Carmen Seganfredo
1004. **As melhores histórias da mitologia: vol. 2** – A.S. Franchini e Carmen Seganfredo
1005. **Assassinato no beco** – Agatha Christie
1006. **Convite para um homicídio** – Agatha Christie
1007. **Um fracasso de Maigret** – Simenon
1008. **História da vida** – Michael J. Benton
1009. **Jung** – Anthony Stevens
1010. **Arsène Lupin, ladrão de casaca** – Maurice Leblanc
1011. **Dublinenses** – James Joyce
1012. **120 tirinhas da Turma da Mônica** – Mauricio de Sousa
1013. **Antologia poética** – Fernando Pessoa
1014. **A aventura de um cliente ilustre** *seguido de* **O último adeus de Sherlock Holmes** – Sir Arthur Conan Doyle
1015. **Cenas de Nova York** – Jack Kerouac
1016. **A corista** – Anton Tchékhov
1017. **O diabo** – Leon Tolstói
1018. **Fábulas chinesas** – Sérgio Capparelli e Márcia Schmaltz
1019. **O gato do Brasil** – Sir Arthur Conan Doyle
1020. **Missa do Galo** – Machado de Assis
1021. **O mistério de Marie Rogêt** – Edgar Allan Poe
1022. **A mulher mais linda da cidade** – Bukowski
1023. **O retrato** – Nicolai Gogol
1024. **O conflito** – Agatha Christie
1025. **Os primeiros casos de Poirot** – Agatha Christie
1026. **Maigret e o cliente de sábado** – Simenon
1027(25). **Beethoven** – Bernard Fauconnier
1028. **Platão** – Julia Annas
1029. **Cleo e Daniel** – Roberto Freire
1030. **Til** – José de Alencar
1031. **Viagens na minha terra** – Almeida Garrett
1032. **Profissões para mulheres e outros artigos feministas** – Virginia Woolf
1033. **Mrs. Dalloway** – Virginia Woolf
1034. **O cão da morte** – Agatha Christie
1035. **Tragédia em três atos** – Agatha Christie
1036. **Maigret hesita** – Simenon
1037. **O fantasma da Ópera** – Gaston Leroux
1038. **Evolução** – Brian e Deborah Charlesworth
1039. **Medida por medida** – Shakespeare
1040. **Razão e sentimento** – Jane Austen
1041. **A obra-prima ignorada** *seguido de* **Um episódio durante o Terror** – Balzac
1042. **A fugitiva** – Anaïs Nin
1043. **As grandes histórias da mitologia greco--romana** – A. S. Franchini
1044. **O corno de si mesmo & outras historietas** – Marquês de Sade
1045. **Da felicidade** *seguido de* **Da vida retirada** – Sêneca
1046. **O horror em Red Hook e outras histórias** – H. P. Lovecraft
1047. **Noite em claro** – Martha Medeiros
1048. **Poemas clássicos chineses** – Li Bai, Du Fu e Wang Wei
1049. **A terceira moça** – Agatha Christie
1050. **Um destino ignorado** – Agatha Christie
1051(26). **Buda** – Sophie Royer
1052. **Guerra fria** – Robert J. McMahon
1053. **Simons's Cat: as aventuras de um gato travesso e comilão – vol. 1** – Simon Tofield
1054. **Simons's Cat: as aventuras de um gato travesso e comilão – vol. 2** – Simon Tofield
1055. **Só as mulheres e as baratas sobreviverão** – Claudia Tajes
1056. **Maigret e o ministro** – Simenon
1057. **Pré-história** – Chris Gosden
1058. **Pintou sujeira!** – Mauricio de Sousa
1059. **Contos de Mamãe Gansa** – Charles Perrault
1060. **A interpretação dos sonhos: vol. 1** – Freud
1061. **A interpretação dos sonhos: vol. 2** – Freud
1062. **Frufru Ratapla Dolores** – Dalton Trevisan
1063. **As melhores histórias da mitologia egípcia** – Carmem Seganfredo e A.S. Franchini
1064. **Infância. Adolescência. Juventude** – Tolstói
1065. **As consolações da filosofia** – Alain de Botton
1066. **Diários de Jack Kerouac – 1947-1954**
1067. **Revolução Francesa – vol. 1** – Max Gallo
1068. **Revolução Francesa – vol. 2** – Max Gallo
1069. **O detetive Parker Pyne** – Agatha Christie
1070. **Memórias do esquecimento** – Flávio Tavares
1071. **Drogas** – Leslie Iversen
1072. **Manual de ecologia (vol.2)** – J. Lutzenberger
1073. **Como andar no labirinto** – Affonso Romano de Sant'Anna
1074. **A orquídea e o serial killer** – Juremir Machado da Silva
1075. **Amor nos tempos de fúria** – Lawrence Ferlinghetti
1076. **A aventura do pudim de Natal** – Agatha Christie
1077. **Maigret no Picratt's** – Simenon
1078. **Amores que matam** – Patricia Faur
1079. **Histórias de pescador** – Mauricio de Sousa
1080. **Pedaços de um caderno manchado de vinho** – Bukowski
1081. **A ferro e fogo: tempo de solidão (vol.1)** – Josué Guimarães
1082. **A ferro e fogo: tempo de guerra (vol.2)** – Josué Guimarães
1083. **Carta a meu juiz** – Simenon
1084(17). **Desembarcando o Alzheimer** – Dr. Fernando Lucchese e Dra. Ana Hartmann
1085. **A maldição do espelho** – Agatha Christie

COLEÇÃO 64 PÁGINAS

LIVROS QUE CUSTAM SEMPRE R$ 5,00

DO TAMANHO DO SEU TEMPO.
E DO SEU BOLSO

E-BOOKS R$ 3,00!

L&PM POCKET

IMPRESSÃO:

Pallotti
GRÁFICA EDITORA
IMAGEM DE QUALIDADE

Santa Maria - RS - Fone/Fax: (55) 3220.4500
www.pallotti.com.br